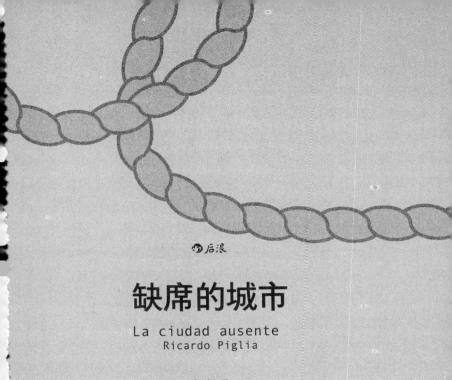

后浪

缺席的城市

La ciudad ausente
Ricardo Piglia

[阿根廷]
里卡多·皮格利亚
著

韩璐
译

四川文艺出版社

目　录

I

遇 见

1

朱尼尔常说,他喜欢住旅店,因为他是英国人的后代。当他提到英国人时,脑海里浮现的是 19 世纪的英国旅行者,那些抛家弃友在工业革命尚未降临之地奔波的商人和走私犯。他们偏爱独居、几乎不露踪迹,抛开了自己的个人故事,并由此成为现代新闻业的发明者。他们住在旅店里,撰写纪事,常与地方官员相互挖苦。于是,当妻子离开自己,和女儿搬去巴塞罗那生活时,朱尼尔卖掉了剩下的全部家当,动身去旅行。那时,他们的女儿四岁,朱尼尔对她想念万分,夜夜梦见她。他比自己想象中更加爱她。他将女儿视为自己的翻版,女儿就是曾经的自己,只不过换作女身生活。为了摆脱这种念头,朱尼尔两次环游全国,有时坐火车,有时租汽车,还有时搭乘省际大巴。他在客店、国际扶轮社和英国领事家中辗转歇脚,尝试用一个 19 世纪旅行者的目光来观察所有事物。当变卖家当得来的钱财所剩无几时,朱尼尔回到了布宜诺斯艾利斯,到《世界报》去求职。在那里，他谋得一份工作。去报社报到的那个下午，朱尼尔还是那副出神的模样，跟着埃米利奥·伦西①在编辑部四处走动，认识办公监里的其他狱友。但不出两个月，他就成了主编的左膀右臂，负责特别调查报道。当大家回过神来，他已经独自一人掌控了关于机器的所有消息。

起初，大家寻思朱尼尔是为警察当差，因为他总能在事发之前就把简讯刊登出去；只需提起电话，就可以提前两个小时收到爆料。朱尼尔还不满三十岁，看起来却已经像个到了花甲之年的老先生。他头势清爽，目光紧锁，典型英国人的神情；眼睛不大，又患有斜视，交错的视线迷失于远处的一点，仿佛总望着大海。据伦西说，朱尼尔的父亲是被从伦敦派去监督将牲畜装上从越冬牧场开来的火车的失意工程师之一。他们在萨帕拉②一住就是十年，那里是南方铁路的尽头。再往远处则是沙漠，当地的风中依然飘浮着惨遭屠杀的原住民的骨灰。麦克·肯西先生，也就是朱尼尔的父亲，曾担任萨帕拉站的站长，他在那里造了一栋红瓦别墅，跟自己在英国的住所一模一样。朱尼尔的母亲是智利人，带着小女儿离开家，去了巴塞罗那。伦西是从朱尼尔的一位姐妹那

① 　本书作者皮格利亚的全名为里卡多·埃米利奥·皮格利亚·伦西（Ricardo Emilio Piglia Renzi）。埃米利奥·伦西是皮格利亚书中常出现的角色，相当于他的另一个自我。——译者注（如无特别说明，本书脚注均为译者注。）
② 　萨帕拉（Zapala），位于阿根廷巴塔哥尼亚地区的内乌肯省，1913 年因英属商业公司在此注资兴修铁路而建城。

里听来这些故事的。某日她到报社去找朱尼尔，那个疯子却不肯接待她。这位姐妹一头红发，个性活泼，伦西先带她去了酒吧，而后进了情人旅馆；直到半夜时分，他才陪她前往雷蒂罗①，送她上了火车。朱尼尔的姐妹住在马尔蒂内斯市②，嫁给了一位船舶工程师。在她看来，自己的兄弟是个难被外人理解的天才，执着于家族的陈年往事。朱尼尔的父亲也和他儿子一样，痴狂，叫人捉摸不透，在巴塔哥尼亚听着伦敦英国广播公司的短波电台度过了一个又一个失眠的夜晚。他想要抹除私人生活的全部痕迹，在一个陌生的世界里如疯子般过活，却依然迷恋着从祖国传来的种种声音。伦西觉得，朱尼尔的父亲对广播的热情恰恰解释了朱尼尔本人为何能够迅速捕捉到马塞多尼奥③机最早发出的那些时断时续的信息。"那是一种典型英国人的反应，"伦西说，"一位终日短波收音机不离身的父亲，对儿子产生了潜移默化的影响。这让我想起，"伦西回忆道，"抵抗运动④期间，我老爹常

---

① 雷蒂罗（Retiro），布宜诺斯艾利斯市的一个街区，阿根廷最大的交通枢纽之一，布市火车站和公交总站均位于此区。

② 马尔蒂内斯（Martínez），隶属布宜诺斯艾利斯大区（Gran Buenos Aires），位于布市以北。

③ 详情见第 170 页。

④ "抵抗运动"，即下文提到的"庇隆主义抵抗运动"（Resistencia Peronista），通常被认为开始于 1955 年推翻胡安·庇隆（Juan Perón，1895—1974）政府的军事政变，结束于 1973 年庇隆的支持者埃克托尔·坎波拉（Héctor Cámpora）就任总统。其间，阿根廷政局动荡、权力更迭频繁；庇隆先后流亡于委内瑞拉、巴拿马、西班牙等国家，庇隆主义运动在阿根廷国内遭到严厉压制。

在失眠时播放一位运动代表偷偷送来的几盘庇隆磁带。那还是第一代产品，咖啡色的带子展开，然后转动起来，很容易滑脱。要先把磁带放在这种尺寸的磁头上，再放下收音机盖。"我还记得录音播放前的静默和磁带的吱吱声，接着就会传来流亡中的庇隆的声音。他总会先来一句"同志们"，然后停顿一下，像是留出鼓掌的间隙。午夜，我们围坐在餐桌旁，像朱尼尔的父亲一样出神，但都对那个来自虚空的声音笃信不疑。它总是有些迟缓，又似乎有些失真。庇隆本该想到利用广播讲话的，你们不觉得吗？伦西笑笑，看向朱尼尔，因为只有通过西班牙的夜间传输，伴随着无线电波的发射与干扰，他的讲话才能被即时传送。你们说呢？事实是，每当我们听到磁带时，情况已经发生了变化，那些发言就显得陈旧，不大合时宜了。"每次他们跟我谈起机器的录音，"伦西接着说，"我都会想到那个时候。故事最好开门见山，讲述者应当一直在场。当然，我也喜欢那些停驻在时间之外的故事，只要有人想听，故事就会自己开始。"

报纸定版之后，他们结伴去楼下的餐厅吃三明治。伦西继续谈论着庇隆的声音、庇隆主义抵抗运动，而后讲起了他父亲的一位朋友的故事。这时，绰号"小猴子"的同事出现了，告诉朱尼尔有人打电话找他。那是周二下午3点，城市里的路灯依然亮着。透过玻璃窗，可以看到灯心的电光在太阳底下熠熠生辉。这看起来真像部电影，小猴子心想，就像电影开始前影院的银幕。走近之后，他渐渐听清了他们在餐桌上谈论的话题，仿佛有人调高了收音机的音量一般。

"他真是个疯子，彻头彻尾的疯子，"伦西正将故事展开，"他总是高喊着'庞隆万岁！'往前冲。'要成为一名庞隆主义者，第一点，'他说，'必须有胆量。'无论在哪里，酒吧或是广场，他都能在半分钟内装好管状炸弹，他这样操纵着自己的手指，像盲人一样灵活。他们家在马丁·加西亚大街和鹅山大街的交叉口有个军火铺，所以他生下来就跟武器打交道。在抵抗运动中，先是庞隆青年①称他为路易斯·贝尔特兰修士②，最后所有人都喊他修士。不过有几个早年就相识的人，也就是时局刚刚动荡起来的时候，1955年或1956年吧。他们会叫他比利小子。这是胖子库克③给取的名字，因为乍一看，他还是个毛头少年，又瘦又弱，十五六岁的样子，但已经有密

---

① 这里指庞隆青年团（Juventud Peronista）的成员。庞隆青年团诞生于庞隆党，即正义党执政期间，后因庞隆下台而解散；抵抗运动期间，青年团在古斯塔沃·雷阿特（Gustavo Rearte）等人的领导下于1957年重组，并与下文提到的"胖子库克"保持密切联系。

② 伦西所讲述的故事是否有真实原型不甚清楚，但路易斯·贝尔特兰修士（Fray Luis Beltrán，1784—1827）在历史上确有其人。他是一位阿根廷方济各会修士，在南美独立运动期间领导了安第斯军事组织的火药武器制备工作。

③ 约翰·威廉·库克（John William Cooke，1920—1968），庞隆主义的重要理论家，庞隆主义抵抗运动的关键组织者，1959年流亡古巴，后因政治立场不同与庞隆逐渐分化。

探追踪他了。"这时，在三十六张台球桌餐厅①，几个人围坐在伦西身边。小猴子愣了一会儿，又回过神来听故事，而后他在空中做了个摇电话的动作，朱尼尔觉得肯定是那个女人又打来了。是她，朱尼尔心想，一定是她。这段时间，有个陌生女人一直打电话过来，给他提供线索，仿佛两个人是终生至交。女人应该读了朱尼尔在报纸上发布的那些简讯。自从机器有瑕疵的传言得到确证以来，一群怪人就开始给朱尼尔通风报信。

"听好了，"女人对朱尼尔说，"您得去一趟美琪酒店，在彼德拉斯街和五月大道的交叉口。记下了吗？藤田②，一个韩国人，住在那里。您会去的，对吧？"

"我会去的。"朱尼尔应道。

"跟他说是我。您已经跟我联系过了。"

"好的。"朱尼尔说。

"您是乌拉圭人？"

"英国人。"朱尼尔回答。

"那就这样，"女人接着说，"你可别闹着玩，这是很严肃的事情。"

---

① 三十六张台球桌（Los 36 Billares）是阿根廷颇负盛名的餐厅，坐落于布宜诺斯艾利斯市五月大道 1271 号。这一店面始于 1894 年，开业时地下设有三十六张台球桌。20 世纪初叶，许多文化名人曾光顾于此。

② 原文为"Fuyita"，似为日语姓氏"Fujita"（藤田）的误写。在本书的葡萄牙语译本中，"Fuyita"均写作"Fujita"（塞尔吉奥·莫利纳译，Iluminuras 出版社，1997）。

女人掌握了不少情况，可谓无所不知。但她错把朱尼尔当成了丈夫的一位朋友。有时女人会在夜里叫醒朱尼尔，告诉他自己睡不着。"这里风很大，"她对他说，"他们没关窗，这里就像西伯利亚。"

女人用暗语说话，用的是那种相信魔法与宿命之人的口吻，既富含深意又透着几分傻气。她的每一句话都另有所指，似乎生活在一种假想的神秘当中。朱尼尔记下酒店名字和藤田的资料。"在某个乱糟糟的房间 [①] 里住着胖子绍里奥的女朋友。你在记吗？"女人问朱尼尔，"他们计划关闭博物馆，所以你得抓紧时间。藤田是个枪手，他们雇他做保安。"朱尼尔的脑海中突然闪过一个念头：女人或许正住在精神病院里。一个从比埃特斯街 [②] 打来电话的疯女人，为了告诉他一桩关于一个看守博物馆的韩国歹徒的怪事。可以想见那是精神病院的公用电话，挂在开放式连廊的斑驳墙面上，面朝庭园中稀疏的林木；那是世界上最忧伤的电话机。女人喋喋不休地谈论着机器，她向他传递信息，给他讲各种故事。"她已经'接通'了，但她还不知道。她无法脱身，只知道必须把事情告诉我，但并不清楚发生了什么。"朱尼尔照旧核实

① "乱糟糟的房间"由原文"lata"引申而来，这个词本义为"镀锡铁皮"，其一可指垃圾桶，其二可作为机器的提喻。

② 这里或指 1949 年落成的阿根廷男子神经精神病学医院，1967 年更名为何塞·蒂武西奥·博尔达跨学科心理援助医院，人们通常以其所在的街道名比埃特斯（Vieytes）来指称这家精神病院。

了全部资料，准备动身去美琪酒店。他没有太多选择，必须利用好所有的线人。只能走一步，看一步。信息管控甚严，无人透露出半点消息。只有城市里无时无刻不在闪烁的灯光，暗示着威胁的存在。所有人都好像生活在平行世界当中，彼此毫无关联。唯一的关联是我，朱尼尔心想。人人都假装自己是独一无二的。朱尼尔的父亲在去世前不久，曾回忆起英国广播公司一档名为"大众科学"的节目，主题是精神病学。一位医生在广播里提到，务必警惕一种模拟型妄想症，比如能够假意顺从的暴躁精神病人，或者假装成高智商的白痴。说到这里，朱尼尔的父亲笑了，肺部发出咝咝声。虽然他已经呼吸困难了，但脸上仍带着笑意。你永远无法弄清楚一个人究竟是真的充满智慧，还是假装成有智慧的傻子。朱尼尔放下电话，又回到了餐厅。伦西已经开始讲述他生命中的另一段经历了。

"我还是学生的时候，住在拉普拉塔①，给来自捷克、波兰和克罗地亚的右派人士上西班牙语课，赚些生活费。当时，历史的推进正将他们逐出自己的家园。这些人大多住在贝利索一个名为'奥匈帝国'的老街区，那里从19世纪末开始就不断有中欧移民落脚。他们会在夹心

---

① 拉普拉塔（La Plata），意为"白银"。拉普拉塔大区（Gran La Plata）包括拉普拉塔、贝利索（Berrisso）和恩塞纳达（Ensenada）三个区，三个区又各自以同名城市作为自己的区府。其中拉普拉塔市也是布宜诺斯艾利斯省的省府。

板和木料搭成的大杂院里租下一个房间，在肉联厂干活的同时，也寻觅一些更好的营生来做。文化自由代表大会——一个支持东欧反共分子的组织——保护着这些移民，尽其所能地帮助他们。大会和拉普拉塔大学达成协议，雇文学专业的学生教移民们一点西班牙语文法。那些年，我听说过很多可怜人的故事，但最苦命的还是拉兹洛·马拉默德①。他曾经是知名批评家、布达佩斯大学的文学教授，是中欧地区研究何塞·埃尔南德斯作品最权威的专家。他翻译的匈牙利语版《马丁·菲耶罗》②获得过国际翻译家协会的年度大奖（巴黎，1949）。马拉默德信奉马克思主义，曾是裴多菲俱乐部③的成员。好不容易熬过了纳粹统治，却又不得不在1956年俄国坦克开入匈牙利时选择出逃，因为他无法接受自己的性命即将葬送在那些他曾经寄予希望的人手里。在拉普拉塔，他周围聚集着的都是右派人士；为了逃离这个圈子，他开始接触不同群体的知识分子，并凭借埃尔南德斯译者的身份积攒了些许名气。马拉默德可以正确地阅读西班牙语，却不能开口说话。他只会背诵《马丁·菲耶罗》，会说

---

① 拉兹洛·马拉默德，原文写作"Lazlo Malamüd"，"Lazlo"似为"László"的误写。

② 《马丁·菲耶罗》（Martin Fierro），阿根廷作家何塞·埃尔南德斯（José Hernández，1834—1886）创作的长篇史诗，讲述了游牧民族高乔人的生活。

③ 裴多菲俱乐部，成立于1955年的知识分子学习小组，成员大多为匈牙利共产党员，经常组织政治议题的公共辩论。

的词也大多来自这部长诗。他原本抱着只要能用西班牙语授课，便可在大学里谋得一职的幻想来到这里。结果，他被要求在埃克托尔·阿塞韦斯①所在的人文系做一场讲座，并以此决定他的去留。讲座的日子快到了，马拉默德却害怕到什么都做不了。12 月中旬是我们第一次见面，讲座已经定于 3 月 15 日。我记得自己乘十二路电车去了拉兹洛在贝利索下城区的小屋，就在肉联厂后面。我们两人坐在床上，搬来一把椅子作桌台，拿一本《拉考–罗塞蒂》②当上课的教材。学校每个月付给我十比索，我则必须递交一张由马拉默德签字的清单作为出勤证明。我每周见他三次。事实上，他全凭自己的想象在说西班牙语，话语间夹杂着从喉咙里发出的大舌音和高乔人使用的感叹词。他试图用夹生的西班牙语向我解释，他因为不得不像三岁小孩那样说话而感到多么绝望。讲座的迫近让他陷入极度恐慌之中，以至于学习还迟迟停留在动词的第一变位。拉兹洛就这样一直萎靡不振，某天下午，在异常持久的沉默之后，我提出由我代替他去念出想讲的内容。说完之后，可怜的拉兹洛·马拉默德笑了，发出乌鸦一样的呱呱声。他似乎在向我表明，尽管当下的情形令人绝望，但他还不至于做出如此荒唐的事情。如

---

① 埃克托尔·阿塞韦斯，即安赫尔·埃克托尔·阿塞韦斯（Ángel Héctor Azeves），阿根廷著名的《马丁·菲耶罗》研究专家。
② 《拉考–罗塞蒂》（Lacau-Rosetti），阿根廷常用的西班牙语文学教材，书名为两位编者的姓氏。

果他才是那个要去讲课的人，我又如何替他念出讲座的内容呢？"

"不工作，那样，终老于，令人煎熬的遭际。"他说道。

真是件滑稽事，看着一个人并不会说这种语言，却绞尽脑汁迸出几个词为自己辩解，实在太滑稽了。某天下午，我撞见他垂头丧气地面朝窗外坐着，准备好要放弃了。

"够了，"他说道，"人生不幸，我不应该承受如此屈辱。起初我感到愤怒，然后是忧伤。泪水充满了眼眶，痛苦不曾减轻。"

我始终觉得，那个试图以一种他只懂得其第一长诗的语言来进行表达的男人，是马塞多尼奥机的完美隐喻：以失落的文字讲述所有人的故事，以陌生的语言展开叙述。

"你看，他们给了我这个。"伦西一边对朱尼尔说，一边拿出磁带，"一个古怪至极的故事。一个男人找不到任何词语来指称恐惧。有人说是假的，有人说百分之百是真的。你听听那语调的变化，一份直接来源于现实的确凿材料。它的副本散布全城。在阿韦亚内达①，在省内的秘密作坊，在白银市场的地下商铺，在七月九日地铁

---

① 阿韦亚内达（Avellaneda），位于布宜诺斯艾利斯大区南部近郊的港口小城。根据阿涅斯·切利克（Ágnes Cselik）的观点，阿韦亚内达为传统工业区，因此可能有印刷厂存在；同时，它还影射了 1614 年出版的《堂吉诃德》"伪"续篇，其作者的姓氏为阿韦亚内达，全名为阿隆索·费尔南德斯·德·阿韦亚内达（Alonso Fernández de Avellaneda）。

站[1]，它的副本被源源不断地制造出来。他们说那些都是假的，但她不会就此停止。"伦西笑道，"如果阿根廷小说、我们的民族诗篇，是从坎巴塞雷斯[2]开始的，那么这个就是你要写的，朱尼尔——你还在等什么？"

"有个女人，"朱尼尔说，"她一直给我打电话，提供了一些信息。现在她让我去一趟美琪酒店，在彼德拉斯街和五月大道的交叉路口，有一个什么人住在那里，对，一个名叫藤田的韩国人，在博物馆做保安，巡夜的。我不确定，也许她在为警察办事。"

"在这个国家，没被关起来的都在给警察出力，"伦西说，"包括小偷。"

朱尼尔站了起来，准备离开。

"我给你录音了吗？"伦西问道，"拿着，"说着他把磁带递给了朱尼尔，"你听一下，然后和我通个气。"

"好的。"

"明天，我在这里等你。"

"6点。"朱尼尔说。

"当心点。"

"好的。"

---

① 白银市场（Mercado del Plata）和七月九日地铁站（Nueve de Julio）均位于布宜诺斯艾利斯市核心地带。前者兴建于1856年，靠近五月广场，1947年停业，1966年白银大楼在其原址上建成；后者靠近下文提到的方尖碑。

② 欧亨尼奥·坎巴塞雷斯（Eugenio Cambaceres，1843—1888），阿根廷作家和政治家，被誉为阿根廷现代小说的开创者，作品包括《前路茫茫》（*Sin rumbo*，1885）和《在血中》（*En la sangre*，1887）等。

"里面提到了不少日本人。"伦西补充道。

街上车辆来来往往。他们总是在监视，即便毫无用处。朱尼尔心想。天色灰蒙蒙的；下午 3 点 50 分，总统府的直升机经过五月大道上空，朝着河流的方向飞去。朱尼尔看了看时间，钻进地铁。目的地是五月广场。他斜倚着玻璃窗，半睡半醒，任凭车厢把他晃得东倒西歪。此时的地铁里，几个傻瓜正互相打量着，他们乘地铁仅仅是为了闲逛。一个站着的老妪，面部因流了太多眼泪而肿胀。打扮整齐出门的无产阶级，生活简朴，身穿来自台湾的现代服饰。牵手的情侣，在欣赏玻璃窗中彼此的倒影。还有摩罗乔人①，或者按照伦西的说法，佩洛尼奥人。"他们齐心协力把我脑袋剃。"②朱尼尔心里唱着，"我是个哑巴男人，用思绪歌唱。理发师，一个把店开在宪法街区的意大利移民，一开始并不想动手。'你打算怎么办，孩子？'我可不想长虱子。"朱尼尔说道。他擦了润肤油的白晃晃的脑袋更亮了（"我可不想长虱子"）。米格尔·麦克·肯西（朱尼尔③），一位英国旅行者。灯光通明的地铁正以每小时八十千米的速度穿越隧道。

---

①　摩罗乔人（morocho），指在阿根廷指深色皮肤和须发的混血种人，并含贬义，暗示他们与白人有所区别。
②　阿根廷音乐人卡洛斯·加德尔（Carlos Gardel）的探戈名曲《窃贼》（Chorra，1928）中的一句歌词，内容是一个男人在自陈被妻子及她的父母在半年为骗光了财产。
③　在这里，我们知道朱尼尔的名字实际叫米格尔·麦克·肯西。"Junior"在英文是"小"的意思，常用于同名父子中儿子的姓名之后，也就是说，本书主角继承了父亲的名字，而朱尼尔只是他的绰号。事实上，"Junior"是阿根廷日常语言吸收的常见英语词汇之一，比如阿根廷最著名的足球俱乐部之一博卡青年（Boca Juniors）。

2

美琪酒店到了，它坐落在彼德拉斯街和五月大道的交叉口，入口由大理石砌成，墙皮已经剥落。楼梯尽头的夹层里摆着一张柜台，柜台后面一个老汉正抚摸着一只虎斑猫，脸贴在猫鼻子上。朱尼尔眼前出现了一条铺着地毯的走廊、几扇锁着的门，以及通往地下室的入口。他谨慎地停下脚步，点燃了一支香烟。

"这只猫，就是您看到的这只，"老汉头也不抬地说，"已经十五岁了。您知道这对一只猫来说相当于多大年纪吗？"他说这话的时候故意把每个词拖长，语气介于尊敬与狡黠之间，干瘦的脖子藏在绸布翻领灯芯绒西装里。老汉蜷缩在钥匙挂板和一面玻璃隔断之间，将怀里的宠物靠在柜台上。猫开始笨拙地挪动起来，后背拱起，四腿有些内翻。"这只猫是个自然的奇迹，像人一样什么都懂。我是从乡下把它带出来的，它从没离开过这里。一只高乔猫。"老汉笑起来的时候，原本不大的一双眼睛显得更小了，"来自恩特雷里奥斯①。"

朱尼尔俯身凑近那只猫，它呼吸的时候身体轻微颤动着，朱尼尔伸手摸了摸它的背。

"您瞧见了吧，它很紧张。它什么都知道，不喜欢烟味。感受到它的呼吸了吗？"

朱尼尔又抽了一口，便把烟扔在了电梯夹缝里。

"我是朱尼尔，"他自报家门，"我要见藤田。"

"然后呢？"老汉问道，脸上露出几分猜疑的笑容。

"您知道他在吗？"

"藤田先生？我不知道，您问问管事的。"

"多漂亮的猫。"朱尼尔说着，飞快地抓住了猫背。猫被他按在台面上，发出惊恐的叫声。

"您要干什么？"老汉边说边用一只手护住脸。

"告诉我房间号，"朱尼尔说，"我在马戏团工作。"

老汉后退到墙边，盯着朱尼尔，好似要将他催眠。他皱纹密布的脸上，一对眼睛犹如两只鹌鹑蛋。

"我在这世上唯一拥有的就是这只猫了，"老汉哀求道，"别伤害它。"

朱尼尔放开那只猫。猫一个跃步，像婴儿一样"喵喵"叫着跑远了。朱尼尔拿出一张对折的一千比索的

---

① 恩特雷里奥斯（Entre Ríos），意为"在河流之间"，位于阿根廷东北部的省份，南部与布宜诺斯艾利斯省交界。

钞票。

"我要房间号。"

老汉想挤出笑容，但紧张得只露了下舌尖。这老头可能是条蜥蜴，朱尼尔心想。他把钞票凑到老汉近前，悄悄塞进其西装上部的小口袋里。

"223……223 号房间。藤田就是基督，"老汉说道，"他们都叫他基督，您明白我的意思吗？"他伸了两下舌头，转身朝向钥匙挂板，"上去吧，"老汉接着说，"我不在，您可没看见我。"说罢，他又面朝墙吞吐了几次舌尖，好像这样就没有人看得到他了。

电梯仿佛囚笼，顶上密密麻麻的都是刻字和涂鸦。"杀人的语言。"朱尼尔读出了声，"露西娅·乔伊斯[①] 万岁。"他打量着镜中自己的脸，觉得自己好像被俘获在一张蜘蛛网中；墙上格栅的影子框住了他刚被剃过的脑袋，他忧郁的颅骨。酒店二楼的走廊空荡荡的；泛黄的墙面和地毯减弱了街上传来的刺耳声响。朱尼尔按下 223 号房间的门铃，门铃声却仿佛在别的地方响起，既不在城

---

① 露西娅·安娜·乔伊斯（Lucia Anna Joyce），爱尔兰作家詹姆斯·乔伊斯之女。她是一位舞者和插画师，二十多岁时被诊断患有精神分裂症，于精神病院中度过余生。她曾在瑞士接受过卡尔·荣格的精神分析。根据艾弗里·F. 戈登（Avery F. Gordon）和南希·卡洛·霍兰德（Nancy Caro Hollander）的研究，阿根廷的精神分析协会创立于 1942 年，到 20 世纪 80 年代，阿根廷已经拥有世界上第四大精神分析社群，仅次于美国、法国和德国。精神分析学在阿根廷城市文化中占有重要地位。特别是在 1955 年庇隆政府下台后，右翼政治崛起和军政府统治时期，精神分析吸引了很多自由主义和左翼知识分子与学生的关注。

市中，更不在酒店里。

"谁？"过了一会儿，房间里传出一个女人的声音。

"藤田。"朱尼尔唤道。

房门开了一条小缝，朱尼尔心想藤田或许并非男性。藤田柯卡小姐，东瀛夫人。

"你是藤田。"朱尼尔说。

女人笑了。

"杀人的语言。"朱尼尔在黑暗中复述道。女人站在房间的明暗交接处，好像一道苍白的光。

"你呢，你是谁？那个哑巴女人派你来的吗？"她低声问道，然后又提高了嗓音，"您怎么不滚得远远的？说啊，您是哪位？"说完，女人透露出些许迟疑，深吸了一口气，"他不在。"

"你别着急，"朱尼尔说，"我叫朱尼尔。"

"叫什么？"女人又问道。

"朱尼尔。"他边说边推门，女人没怎么抵抗，门轻轻打开了。

"蠢货，"女人骂骂咧咧的，"没妈的野种，从这里滚出去。"

她说话的声音很低，好像梦里发出的叫喊。

房间里晦暗不清，樟脑、酒精和廉价香水的气味混合在一起。女人开始退向床边，朱尼尔慢慢靠近，试图在家具沉重的阴影中辨认她的模样。

"你别碰我，否则我就大叫，"女人说道，"你敢碰我，我就开始喊。"

"淡定，嘘……"朱尼尔说着伸出一只手，"夜间请勿喧哗。"

朱尼尔的眼睛终于适应了房间里泛着绿调的光，他这才看清女人的脸。原来她长着一头金发，因为挨了打，嘴唇肿起来了，嘴巴也破了，皮肤上都是瘀青。她穿着一件刚盖住大腿的男士衬衫，蹬着一双没有鞋带的男鞋。

"他为什么打你？"朱尼尔问。

女人拖拉着双脚走了几步。她坐到床上，用胳膊肘抵住膝盖，显得心不在焉。

"那么你到底是谁？"她反问。

"我是来帮你的。"

"呵，当然。"女人说，"藤田让你来的？你是日本人吗？过来让我看看。"

她按下打火机，火焰照亮了衣柜上的镜子。

"他派你来的？"

"我是来见他的，"朱尼尔回答，"他让我来这里找他。"

"他走了。再也不会回来了。可怜鬼。"女人默默地哭了起来。然后她弯下腰，在地板上摸索着找一瓶杜松子酒。她浑身上下只套着那件衬衫，并不在意自己袒露出来的胸部。"狗屎一坨，"女人一口气喝光了瓶里的酒，"他最好去死，"她努力挤出些笑容，"喂，你要是个好人，就下去买瓶酒吧。"

"待会儿就去。但是我们必须先谈谈，然后我就去给你买杜松子酒。你把灯打开……"

"不行，"女人打断了朱尼尔，"为什么要开？就这样。给我一根烟。"

朱尼尔把烟盒递给她，女人急迫地打开，取出一支抽了起来。

"看看他会不会烂掉，他把衣服都带走了，好把我困在这里。想什么呢？我会追着他跑吗？"

"他走了，"朱尼尔说，"他把你的衣服塞到一个手提箱里就走了。藤田柯卡小姐。你想抽可卡因吗？"

"那玩意儿我现在不碰，"女人说，"那是几年前的事了。你来自拉普拉塔？你是缉毒警察吗？都是那个哑巴女人的错，母马、瘾君子。他肯定跟她在一起。"女人俯过身来，压低声音说话。从近处看过去，她的脸庞如同一面玻璃。"他想抛弃我，和那个妓女在一起。他抛下我去找那个贱女人了。"她站起来，开始在房间里走动，"那之前……你知道我为他、为那个男人做了什么吗？"她在房间的另外一边停了下来，面对着他曾经坐过的椅子，"你看看我现在变成什么样子了，"女人边说边提起衬衫向朱尼尔展示自己的双腿，

同时绷紧了穿着胶底鞋的双脚，"看到了吗？我曾经是
迈波剧院①的芭蕾舞演员。那时的我赤身裸体，披满羽
毛出现在舞台上。大名鼎鼎的乔伊斯小姐。乔伊斯意
味着快乐。我还会唱英文歌。那个女人，她以为自己
是谁？从十六岁起，我就是舞团的首席了。现在那匹
母马来了，把他从我这里抢走了。"朱尼尔猜测女人马
上就会哭出来。"他决定把我送到恩特雷里奥斯去，你
知道吗？他说在这里人人都认识我。你知道他想对我
做什么吗？他就是想让我当活死人。"她绝望地原地
踏步，呼吸也加重了，"要是他把我送到恩特雷里奥斯
去，我在那里能干什么？你说说，我能干什么？"

"那里的乡野很美，"朱尼尔说，"你可以养养动物，
亲近自然。百分之九十的高乔人和绵羊②做爱。"

"你在胡说些什么，丧门星？你有病吗？你为什么
剃个光头？你是俄罗斯人吗？某次我和一个俄罗斯人一
起看录像带，他就顶着个光头，跟你一样。你得了皮癣
吗？你是乡下来的？"

"是的，"朱尼尔说，"我是瓜莱瓜伊人。我的父亲
是拉雷亚家牧场的总管。我是说，他原来是，后来被一
个短工杀了。那个人喝醉了，趁我父亲从马车上下来时，

---

① 迈波剧院（Teatro Maipo），1908 年开业，是布宜诺斯艾利斯市历史上最重要的
剧院之一。
② "绵羊"在阿根廷俚语中也指"堕落的女人"。

一刀捅死了他，背信弃义。"

"后来呢？"女人问道，"你接着说。"

"没什么，"朱尼尔说，"我父亲也算自食其果，有一回在舞会上，他骂那个短工是脏鬼①。那个人一直在等待时机，最后终于把仇报了。在乡下，所有人都是瘾君子，幻觉重重。"

"是啊，"女人接着说，"我就是这个意思。在乡下，我总睡不着，无论到哪里，眼皮底下都是毒品和垃圾。"

女人走向房间深处的角落，那里摆放着一个装有新月形镜子的古董衣柜。她打开柜门的一瞬间，朱尼尔看到镜面反射的光穿透了房间的昏暗，接着看到了一块用金属丝捆起来的床垫，还有一个没挂衣服的衣架。女人踮起脚尖，开始在高层搁板上摸索。她的背影看起来非常年轻，几乎是个小姑娘。等她转过身来，手里已经多了一小瓶香水。弗兰克牌英式古龙水。她打开瓶盖，仰头吞了一口。然后她擦干嘴巴，看向朱尼尔。

"怎么了？"她问道。

"在乡下，还有一个问题，"朱尼尔接着说，"就是那些腿上长着锯齿的蝗虫。必须制造噪声，才能防止它们落地；机动车的喇叭声、枪声，我父亲甚至还拉响过轮船的汽笛。要不就制造烟雾，烧甘蔗田或者干草。因为

---

① 原文为 "roñoso"，这个词的本意为 "长了疥癣的畜生"。

这点，我喜欢城市，城市里没有蝗虫，只有蚊子和猫。"

女人让衣柜门敞开着，拿香水瓶紧抵着腹部走到房间中央。她脚步很慢，用一副猜忌的表情打量着朱尼尔。

"那么你为什么想见藤田？"

"我有事要问他。"

"他让你来这里的？如果你想见他，为什么不去博物馆找他？老实说，你不是胖子绍里奥的朋友吧？"

"淡定，嘘……"朱尼尔说道，"夜间请勿喧哗。藤田让我来这里的。这样好吧……如果你说他在博物馆的话。"

"我？"女人笑了起来，显得有些紧张，"我说了什么，小家伙？"她举起香水瓶又喝了一口，然后朝手指肚上倒了几滴，在耳后拍打。朱尼尔闻到了古龙水的清香，其中混杂着房间里幽闭的气息。"他可能在博物馆，也可能不在。如果你跟胖子绍里奥很熟，应该知道些情况。你怎么不让他给你讲讲那个小哑巴。"女人又开始放声大笑，好像在咳嗽，"跟我说实话吧，他到底跟没跟她在一起？"

女人再度开始哭泣，无法自已。她攥紧拳头压住双眼。朱尼尔心中一阵怜悯，请她不要再哭了。

"你怎么能让我不哭？想想他对我做的那些事，你说我怎么能不哭？"

"拿着，过来，"朱尼尔说着递上一块手帕，"平静一下，别哭了。你是哪里人？"

"我就是这里人，一直住在这家酒店，我是美琪女孩。但我的家乡在远方，我来自内地，南方，内格罗河①人。你看，我把你的手帕都弄脏了。"女人说完将手帕对折起来，脸上露出了笑容，"你觉得这些疤痕会一直留在我身上吗？"她用手指肚碰了碰自己的伤口。

"不会，"朱尼尔回答，"不会的。但你为什么不把自己弄干净点？过来，让我看看。"

朱尼尔用香水沾湿手帕，擦拭起女人受伤的脸。她闭上双眼，没有阻止他。

"好了，"女人说道，"好了，等等，我来开灯。"她伸手摸到一盏有荷叶边灯罩的床头灯，房间里登时泛起蓝光。她看了看镜子里的自己："天哪，我真像头怪物。"女人开始整理头发，同时盯着自己的一条腿，"虽然我浑身是伤，但我感受不到，几乎没有痛感。看到了吗？"她拉起衬衫，向朱尼尔展示自己的结痂，"这是摩托车撞的，这是狗咬的，这里是因为我不知怎的撞上了一堵墙，整个人都倒了。大多数人都会因为一点瘀青就喊疼。我被那个畜生打得遍体鳞伤，却不觉得疼。人们恐惧疼痛，但我不会，他打我的时候我完全没有感觉。应该是内啡肽的作用。"

---

① 内格罗河（Río Negro），意为"黑河"，位于阿根廷中部的省份。

"那是什么？"朱尼尔问道。

"'内啡肽'，是科学，小宝贝，他们在诊所里给我解释过。人体自身分泌的一种镇痛剂。如果你吸食海洛因，身体就不会再分泌内啡肽。停了[①]。而当你戒的时候，内啡肽的分泌水平还没跟上，所有疼痛就会卷土重来。但在我身上，内啡肽的分泌似乎异常旺盛，我疼得没有那么厉害。我就是因为这个才开始喝酒的。酒精是个好东西。内格罗河有很多海洛因，农田里、山谷里，人人都买得到。有人把它带在马车上，意大利小庄园主把它藏在皮靴里。"

"你现在有吗？"

"半点都没有。我不买，我已经不碰那东西了。当你抽嗨[②]了的时候，什么都感觉不到。但你的身体会发生变化，一周不洗澡也不会有味儿，因为没有分泌物。你既不哭，也不小便，不知冷热，吃得也很少。女人可以一辈子靠海洛因过活，大家都知道，吸食海洛因本身是不致命的，除非碰上了质量很差的海洛因，在最最糟糕的情况下因为中毒而死。但是，要买到纯海洛因，你得是个百万富婆。而且，有件事是千真万确的：如果某天你少吸了一剂，就会死于戒吸的并发症。"

"戒不掉。"

---

① 原文为英语。
② 原文直译为"骑马"，俚语中指吸食海洛因。

"怎么戒不掉？你疯了吧。你得去一个没有海洛因的地方，就算你死了也弄不到它的地方。我以前生活的镇子上，就连卖口香糖的杂货亭也有海洛因。离开那里抵达首都之后，我把自己锁在浴室里整整三天。一旦戒吸海洛因，一切就颠倒过来了。你会出很多汗，当时我一直大汗淋漓，每每从瓷砖地板上站起来，全身都湿透了。简直糟糕透顶，因为你会变得既高度紧张又嗜睡。除此之外，还会因为一点小事就哭出来。我看到烟灰缸也会哭。从那时起，我就开始喝酒。我记得，最早的时候，我喝的是八兄弟牌茴香酒。"

"茴香酒好一些。"

"一样，都很糟糕。为了不酗酒，你不能一个人喝。现在我会半夜醒来，喝一点杜松子酒，再继续睡。"

朱尼尔看着女人，她正在打扮自己的脸，皮肤如同金属般紧致光滑。

"过来，"朱尼尔说道，"我想让你看看这张照片。"

照片里是个年轻女人，穿着苏格兰方格裙和黑色高领套头衫。

"这个女人是谁？"她两手拿着照片问道。

"你见过她吗？"

女人摇头表示没有。

"她被带走了？"女人问。

"死了。"朱尼尔说。

"那是谁干的？藤田？"

"你觉得是他干的？"

"我？你疯了吗，孩子？我什么都不知道。"女人蹲在床上，开始锉指甲，"我呢，你就不要理我了，你最好小心点，我已经是半个疯子了。谁还记得当年那个骄傲的小姑娘啊？"女人仰起脸，"那个小哑巴总是和各种女人厮混在一起。你已经去过博物馆了吗？那里有一台机器，你知道吗？一切都很蹊跷。"

"不知道①。"

"万事皆科学。没有什么妖魔鬼怪。有一次我认识了一个名叫鲁索的家伙，他发明了一只可以预报雨天的金属鸟。这是一码事。纯科学，无宗教。"

"是的，"朱尼尔接着说，"机器是个女人吗？"

"曾经是个女人。"

"她被关起来了。"

"她在诊所里待了一年。不要告诉藤田是我说的，因为他会杀了你。让他知道你来过可没好果子吃。他像蛇一样好妒。"

"在乡下，我拿草叉杀死过很多条蛇，像这样，"说完，朱尼尔做了一个将东西钉在地上的动作，"杀死它们。你叫埃莱娜，对吗？"

---

① 原文为俄语。

"不，那是她的名字。我叫露西娅。我一度生活在乌拉圭，在国家无线电广播服务处的礼堂里唱歌，我应该仔细给你讲讲那段故事。就是在那里，我第一次见到了她，在大厅里，他们将她放在一块玻璃板后面展示。她通体白色，布满了电子管线。"

"现在她在博物馆里？"

"是的。藤田爱上了那台机器，我失去他了，我早就知道。她住在博物馆里。他觉得我去了恩特雷里奥斯就不会听说这件事。但是现在，全国人人都知道她啊。曾经他一直爱我。他生气，是因为他感到绝望。"

轻柔的音乐从窗外传来，又消散在城市的嘈杂当中。

"我们，我们曾经如此相爱，"露西娅唱了起来，"如今却应分开……我们。"

露西娅看起来像个小女孩。她应该有三十岁了，却一点未见老。

"你很会唱歌，"朱尼尔说着站起身，"照顾好自己。"

"什么？"她问道，"你要走了？"

"走了。"

"那你不去给我买杜松子酒了吗？"

"去的。"

女人双手交叉着捂住脸，试图挤出一丝笑容。

"杜松子酒，如果可以，再带点面包。"

"好的。"朱尼尔说。

"面包，一点香肠，什么都行。"

"好的，杜松子酒，再来点吃的。"朱尼尔说道。

女人一瘸一拐地跟着朱尼尔走到门口。

"我去一下就来。"

他推门出去，走廊里依然空荡荡的，只有挂在天花板上的一对赤条条的小灯在发光。

"听我说。"女人叫住朱尼尔。

朱尼尔转身，看见她站在那里，紧紧抓住门，一只手用衬衫盖住胸部以抵御寒冷。

"能买到什么就都带回来吧，一小罐肉糜也行，只要是他们有的都行。"

"好的，"朱尼尔说，"可以。"

外面的街上，天色已暗。朱尼尔拦了一辆出租车，让司机带他去博物馆。车程要一个多小时。夜色渐深，城市里华灯初上，车开得很平稳。朱尼尔打开随身听，罪恶与城市之道①的音乐响起。几幢高楼顶上，探照灯照出的蓝色光束扫过夜空。他拿着伦西给自己的录音。那是机器制造的已知的最后一篇故事。一份证词，一位目击者在其中讲述了其所见所闻。事件发生在当下，发生在世界的边缘，那是被铭刻在大地上的恐怖信号。故事通过副本或复制件广泛流传。人们可以在科连特斯大街

---

① 罪恶与城市之道（Crime & The City Solution），一支来自澳大利亚的摇滚乐队。

上的书店，或者低地区①的酒吧里获得。朱尼尔把磁带塞进随身听，任凭思绪随着开始讲故事的抑扬顿挫的声音飘走。旁侧，城市正消融在秋日的雾气中，出租车开入莱安德罗·阿莱姆大街，一路朝南驶去。

录 音

阿根廷的第一位无政府主义者，是来自恩特雷里奥斯省边境的高乔人。他在布拉加多②附近的乡野结识了意大利人恩里科·马拉泰斯塔③，一场大洪水让他们相遇。两个人披着马拉泰斯塔的橡胶雨衣，在教堂顶上躲了整整三天，眼见着水面越涨越高，动物的死尸和树干从巴拉圭河那边漂过来。他们蜷缩在展开的雨衣下，就着杜松子酒咀嚼受潮的饼干，直到雨水慢慢减弱。在那几天里，马拉泰斯塔用可可里切语④与高乔人交流，配上图

---

① 低地区（El Bajo），位于布宜诺斯艾利斯市，靠近马德罗港。这里原来是峡谷与拉普拉塔河相接的地带，并因此得名。

② 布拉加多（Bragado），位于布宜诺斯艾利斯市偏西南方向。

③ 恩里科·马拉泰斯塔（Enrico Malatesta），名字与历史上的意大利无政府主义者埃里科·马拉泰斯塔（Errico Malatesta，1852—1932）近似。埃里科·马拉泰斯塔曾于1885年至1889年流亡阿根廷，并于1887年参与建立了阿根廷的第一个无政府主义工会。

④ 此处为音译，原文为 Cocolinche，是一种夹杂着意大利语与西班牙语的语言，1870年至1970年流行于阿根廷和乌拉圭的意大利移民中间，在布宜诺斯艾利斯大区尤为常见。

画、手势，最终说服他相信了无政府主义，绝对自由的真理。啊哈，高乔人有时会做出回应，啊哈。有时，他也会点头表示赞同。高乔人名叫胡安·阿里亚斯，他骑马跑遍了大大小小的牧场，宣扬无政府主义，直到有一天民族自治党①的几个党徒将其杀害。一个选举周日，他们把高乔人压在教堂的天井里，拿刀捅死了他，因为他宣称口头投票是欺骗乡下穷苦之人的鬼把戏。在恩特雷里奥斯，高乔人别号"冒牌菲耶罗"，因为每当他不能说服别人或理屈词穷时，就会转而背诵埃尔南德斯的诗句。高乔人出口成诗，工人们说话却都磕磕绊绊的。无人不知的"小结巴"②正是因此而得名。他身形枯瘦，两眼凸起，眼神躲闪。在劳动阶级中间，在工厂里，人们不会干脆利落地一下子把话说完。工人说话、工人说话是含混不清的，结、结巴、巴，难以进行流畅的表达。电视上经常看到这样的场景：比如要采访工人，必须预留出比别人多至少五六分钟的时间，因为他们的发言总会卡壳，除非是工会代表，他们能够像播音员一样临场发挥。那是一种我非常熟悉的演说方式。说说吧，讲讲你的故

---

① 民族自治党（Partido Autonomista Nacional），1874 年至 1916 年间阿根廷的执政党。

② 此处或指一位名叫佩德罗·莱奥波尔多·巴拉萨（Pedro Leopoldo Barraza）的阿根廷记者，他于 1974 年被阿根廷极右翼组织反共联盟谋杀。他生前不畏强权，发表过很多针砭时弊的报道与评论，其中包括关于庇隆青年团成员费利佩·巴列塞（Felipe Vallese）失踪案的调查。

事，那些无法说出自己故事的人，肯定是经历了悲剧。
我的母亲生前曾给我讲过一个乡邻的故事，他被绑在广
场的柱子上，当众枪决了。母亲说她永远忘不了那个男
人，一个小个子的外乡人，行刑时镇上的喇叭里还在播
放音乐和广告，仿佛什么都没有发生。我曾经目睹的那
些事，让我恨不得清空记忆，重新开始另外一段生活。
当时我几乎就要离开妻子和孩子，准备搭火车去洛马斯，
去我姐妹在贝纳尔的家，去奇维尔科伊或玻利瓦尔①。但
这么做只是徒劳，一个人可以离开，但记忆仍将如影随
形。那些人像杀麻雀一样杀人，一个人头被套住、手被
捆住了，他还能做什么，只能向前跑，不出两米就被射
杀了。他们将尸体抛进深坑，然后开着挖掘机把坑地填
平。有时他们甚至会让那些可怜人先给自己挖好沟渠，
再就地将之杀死。我看着他们，有种做梦的感觉，仿佛
赤裸着身子的基督徒正在为自己挖坟。那段时间，我在
一位姓马拉德伊的先生手下干活②，马内科·马拉德伊。
他的土地位于森林的另外一侧，我习惯叫它"群山岗"，

① 洛马斯（Lomas）、贝纳尔（Bernal）、奇维尔科伊（Chivilcoy）和玻利瓦尔
（Bolívar）均位于布宜诺斯艾利斯省。
② 小说以下内容部分参考了何塞·胡利安·索拉尼耶（José Julián Solanille）于
1986 年 6 月 26 日在法庭上就拉佩尔拉（La Perla）秘密拘留营暴行所提供的证词。
1976 年至 1983 年阿根廷国家恐怖主义时期（或称"肮脏战争"），独裁军政府在全
国修建了众多拘留营，制造了许多失踪事件。拉佩尔拉拘留营位于科尔多瓦省，据
统计，有约三千人曾在那里遭到关押和迫害。这一拘留营已于 2007 年改造为历史
纪念馆。何塞·胡利安·索拉尼耶是居住在拉佩尔拉拘留营附近的一位农民，于
2019 年逝世。

占地大约两三千公顷，一直延伸到拉卡莱拉①，迪克基托牧舍和拉梅斯基塔那边，我负责照料牲口，我们也种些作物，我的薪水不固定，每卖出一头牲畜我可以拿到一份提成。整个4月，我都跟着马拉德伊先生在那里干活，当时农田里发生了几桩怪事，在土地最最遥远的尽头，聚集了一群手持武器的人；在围栏外面，出现了一座营房，更准确地说，那是一间棚屋，建在通往卡洛斯·帕斯的两条高速公路上，当时还没通车，有一条名叫"通往拉卡莱拉的旧道"的小路，当中被沥青马路隔断，在马拉格尼奥②南边，哦不好意思，是马拉格尼奥北边，我在那里有一座奶牛场，离那间棚屋大概五百米远；牛犊出事的时候，我正和妻子一起刷着陶罐。事情是这样的：在种玉米的那片农田里，你知道，有一个坑，我的一只牛犊掉了进去，整整十八米的大坑，我会解释为什么是这个数字，刚才说到我的牛犊掉进了坑里，这样的拱形坑，开口从大到小，从坑外往里看，什么都看不到，小牛在里头哞哞叫；母牛在外头，就这样用蹄子刨地，哞哞叫着呼唤小牛。于是我去找马拉德伊先生帮忙，希望他能借给我几条木板，当时他恰巧准备乘车外出，因为牛犊落在坑里了，一开始我就想，应该是磨坊的坑，对

---

① 拉卡莱拉（La Calera），位于阿根廷科尔多瓦省。
② 卡洛斯·帕斯（Carlos Paz）和马拉格尼奥（Malagueño），均位于科尔多瓦省，前者位于科尔多瓦城西北，后者位于科尔多瓦城西南。

吧？于是我叫上两个短工，带上几匹重型马，那是几匹
法国泼雪龙，我又跑到马拉格尼奥，借了一条四十米长
的麻绳——他们给我的——刚好，差不多四十米吧；然
后，为了确定小牛的位置，我们就这样把木板架好，借
助几面镜子往深坑里打光，结果我们看到了——怎么跟
您说呢？马拉德伊倒是满不在乎，这个男人什么都不关
心。那种场景，谁能想到。坑里竟然堆满了尸体。马拉
德伊和我把绳子系成安全结，套在腰上，借着镜子的光，
我又把剩下的麻绳对折，从当中抓住，在一端打了个套
索，然后把绳子放下去。小牛正站在坑里，那是一头黑
色的小牛，有些瘦，高个头，四蹄被卡住了动弹不得。
随着绳子渐渐下放——从镜子里看去——坑里出现了
越来越多可怕的东西，尸体，胡乱堆在一起，残骸，还
有个缩成一团的女人，这样坐着，双臂交叉，整个人弓
成一团，女人很年轻，能看到她的头埋在胸前，头发全
部披散着，赤脚，裤腿卷起来。往上又隐约看到另外一
个人，我感觉那也是个女人，掉下去的时候头发朝前散
开，手臂这样向后拧在一起。这里看着，我不知道，就
像个尸骨坑。从镜子里看会给人这种感觉，镜子发出的
光，像个圆圈，我移动镜子，在镜子里，我看到了深坑
里发光的白骨，光反射到里头，我看到了尸体，看到了
泥土、死人。然后在镜子里，我看到了光、坐着的女人、
卡在中间的小牛犊，我看到它了，它四蹄陷在泥里，因

为害怕而浑身僵硬。我们开始尝试把小牛拉出坑外，它的右蹄已经断了，快断到脊椎的位置，到肩胛骨上方了。我们把它从坑里拉了出来，可怜的小家伙，它的眼睛是那么有人情味。我记得我拿水管帮它冲洗了身体，水也打湿了我自己的脸，不过这样马拉德伊就不会察觉到我在哭，我几乎喘不过气来，我问他我们该怎么办。什么也不做，他答道，放下一切，什么也不说。后来，我再也没回去过，我几乎离开了自己的家，和老蒙蒂住在一起，因为我不想让女儿们做那些年轻人做的事，不想让她们跳舞，也不想让她们玩得开心，我甚至听不得广播，就这样，我成了所有人的麻烦，所以我选择离开。我在养牛场里搭了张床，就在农田边上，在那里我过得更自在一些，我可以和堂蒙蒂一起思考，他什么事都见识过，还曾和保守派一起被关在监狱里。他告诉我，这样的事情闻所未闻。有一次，他看见警察对一个男人动手，在巴拉加斯桥上，为了杀鸡儆猴，他们把他压在后墙上，要知道，他可是个大块头，就这样被他们扯着头发杀死了，堂蒙蒂说。但情况就是这样，仿佛但丁笔下的地狱，他又补充道。我记得当我跟他讲起自己的经历时，他抽起了半根托斯卡纳小雪茄。老蒙蒂是一位修养极好的绅士，过去在首都工作，后来在一场大火中失去了妻儿，便搬来了内地。他是第一个告诉我霜冻之事的人。当时我们正好站在上面，在铁丝网的这一侧，小奶牛场里，牧场区域，那也是周围唯一的一片放牧草场，因为在小牛岗，那片叫小牛岗的区域，所有土地天然都是石砾与牧草杂生，长满了小麦草，反刍动物常去觅食，那一带没种作物，在当时的季节处于闲置期。我从高处望过去，整片农田尽收眼底，可以看到草场的区域，你看，唯一的一片嫩草地，土质松软，适合开垦，那下面就是深坑，我从没在那里放过十字架，什么也没放。有时，可以看到南美凤头卡拉鹰飞过，他们无法掩盖一切。他们不断在那里刨土、挖坑，随着冬天的临近，行动越来越频繁。夜晚，他们挖好所有的坑；白天，他们处理霜冻、方块和白色恐怖。可以看到他们往一些坑里撒了石灰，石灰总会冒到地面来。牧草生得不快，霜冻期来临后，整片农田出现了冻烧现象——冰结得厉害的时候，土壤会被灼伤。那些白色方块依然在不断增加，几乎一个紧挨着一个，有时也会相隔五到六米，那是因为遇上了无法开挖的岩地。有时他们挖到六十厘米深的地方，触上一块大石头，就会从旁边重新挖起；有时他们挖浅一点的坑，但尺寸大一点，大多数是两乘三米宽，或者差不多的大小，挖出来的泥土，再填回坑里时有大量剩余。那些坑从来没有填平过，有个别坑是平行的，但整体上挖得到处都是，因为他们有时在这边挖，有时又换到另外一边，没用完的土极多，总是有剩余。他们在夜间挖掘，就算下雨也不停工，否则他们不知道该如何处理那些尸骸。

可以说，在那片草场上，密密麻麻的坑洞构成了一张无法测量的地图。我说不出究竟有多少个坑，只是粗略估计了一下，如果没弄错的话，有超过七百或七百五十个，因为那片区域大概有十六公顷①，十五或十六吧，我算不准，几乎完全被占满，一片没有十字架的墓地，荒无人烟。有的坑甚至可以持续六七天不使用。有几处挖好的坑，还没有埋进人，我趁白天钻进去过，白天什么都看不到，只有田地和坑洞，坑洞和田地，有一回我甚至救出了几条小狗，又掉进去几只野兔。那些坑高过我的头顶，可以把我掩埋起来，它们大概有两米多深。有时到第二天晚上也没有来人；有时隔着窗户都可以听见外头的各种动静，可以看到移动的亮光、煤油灯和拿枪的人。我和蒙蒂，坐在面向原野的院子中低矮的靠椅上，思索着应该离开这里，但是该怎么离开呢，那段时间，又能往哪里去呢？我想过去查科②，我孩子的教父在那里，但无论去哪里，生活只会变得更糟，什么都不能说，而留在那里至少还有老蒙蒂，我们是最后两个人了，我觉得。我们照看奶牛场、牲畜，坐在农场门口期盼着冬天早点过去。我记得，堂蒙蒂会像这样举起手，告诉我他们从那边，或那边过来。他们将卡车倒停，把带来的人全部杀掉，一个不留。那些人的手被捆住，头被套住，除了

---

① 一公顷合一万平方米。——编者注
② 查科（Chaco），位于阿根廷北部的省份。

等死，还能做什么？那里还停着一辆没有牌照的汽车，车内的广播没有关掉，传出音乐和广告的声音，就是这样，堂蒙蒂和我，我们坐在农场门口的牧棚里。那些人就是这样，老蒙蒂对我说，连牲畜都不如，坏上加坏。说完，老蒙蒂陷入沉默，抽起了托斯卡纳小雪茄，他举起手，示意我朝脚下的原野望去。

"看，"他对我说，"这就是地狱的地图。"这片土地，仿佛一张地图，我对您讲的，都是事实，我的意思是，这是一张布满无名坟茔的地图，结了霜的地方好像厚石板，剩下的是耕地或草场。他们不可能一直填补，因为时日久了，会有霜冻，地面会被翻开，他们的罪行自然会被揭露出来。因为如果他们知道底下有石头堆，就会用托梁把它们拱出来，那里甚至还有几条长沟，他们会一直挖，直到撞上石头才会停止，您看到了吗？这些事情都发生在冬天，发生在群山岗的草场上。牧草被霜冻灼伤了，可以看到所有的坑，主要是撒了石灰的那些，它们无所不在，有些是这种形状，有些是长条形，不计其数。一张坟茔地图，就像我们看到的这些马赛克，一模一样，那就是地图，看着仿佛一张地图。霜冻期过后，大地变得黑白分明，一张巨大的地狱地图，正缓缓铺开。

II

博物馆

博物馆坐落在布市的偏僻地带，临近公园，位处国会大楼背面。要抵达展示机器的环形大厅，需要先走上一道斜坡，再穿过一条丙烯涂料墙面的走廊。机器位于展厅尽头，安置在一张黑色展台上。展厅的墙上有各种图表、照片和文本的复制件。朱尼尔随手在本子上记下些资料，然后跟随玻璃柜里展示的故事在展厅中转了一圈。

　　原本，他们试图制造的是一台翻译机。机器系统很简单，类似于一台放在玻璃箱中的留声机，其中布满了电线和磁电机。一天下午，他们将爱伦·坡的短篇小说《威廉·威尔逊》输入机器，对它的翻译功能进行测试。三个小时后，电传打字机开始输出最终版本的翻译。然而，故事情节扩充了，内容变得面目全非。新故事名为《斯蒂芬·斯蒂文森》。那是机器输出的第一个故事。尽管有着各种瑕疵，但它囊括了之后的所有故事。第一部作品，马塞多尼奥说过，将预知后来的所有作品。我们想要的是一台翻译机，而当下摆在眼前的却是一台故事变形器。机器采纳了《威廉·威尔逊》中的"双身"主

题，并对它进行转译。这台变形器尽力让故事显得条理
清晰；它充分利用已有的内容，老故事中看似消失的情
节实则已经转换成了新故事中的新情节。这就是生活。
马塞多尼奥那时已经五十岁了。在剪报和日记的照片
中，可以看到他那张波澜不惊的狡黠面孔。他正在对机
器进行说明。他不想出售机器的专利，因为也没什么可
以出售的。他正在考虑对装置（他是这么称呼它的）进
行完善，好为乡民们提供些乐子。我觉得它是个比广播
更有趣的发明，他说，但现在就高歌胜利为时尚早。马
塞多尼奥希望能够谨慎行事，并拒绝接受政府资助。他
准备在大学里做一场阐明机器潜力的讲座。（"它属于
'哦！不会吧'系列，"马塞多尼奥说，"什么是'哦！
不会吧'系列呢？说的就是那些在完全运转起来前总会
遭到人们质疑的装置。"）事情进展得颇为顺利。比预
期要好。机器抓住了坡的叙事形式，同时改变了叙事情
节，因此问题在于如何创造一个叙事核心变量组合来对
它进行编码，让它开展工作。关键在于，马塞多尼奥解
释道，要在"讲中学"。"学"的意思是记住那些已经
做过的事情，逐渐积累经验。它制造的故事不一定一次
比一次漂亮，但它知道自己已经制造的故事有哪些，或
许最后它会将所有故事都串联起来。马塞多尼奥认为这
是一项实用的发明，因为乡下那些会在夜晚讲鬼故事的
老人正一个个逝去。我认识的最后一个会讲鬼故事的老

人住在比达尔上校城①。《隐形的高乔人》这个故事就出自他之口，马塞多尼奥接着说。老人全凭自己的想象力发明了这个故事。他在乡下喝着马黛茶，迎着从草原上吹来的风，逐渐把故事讲得有血有肉。有一回，一位表兄弟写信给我，说故事已经传到了西班牙本土，后来又传到了特尼里弗岛上的几位水手那里。然而，对堂索萨来说，这个故事并非纯属虚构，而是切切实实地在他身上发生过。他是在克肯②一带，埃切戈延家牧场干活的农民，因为多次下水寻找走散的牛犊而瘫痪。故事是这样的。

隐形的高乔人

　　塔佩③人布尔戈斯是个赶牲口的小工，他在查卡布科④受雇于一队马帮，准备去恩特雷里奥斯送货。天刚蒙蒙亮，马帮便上路了，但刚出发不到几里⑤地就遇上了暴风雨。布尔戈斯走在队伍一侧，他的职责是保证牲畜不

---

① 比达尔上校城（Coronel Vidal），位于布宜诺斯艾利斯省东部。因纪念阿根廷独立战争英雄塞莱斯蒂诺·比达尔（Celestino Vidal）而得名。
② 克肯（Quequén），位于布宜诺斯艾利斯省东南部的海滨小镇。
③ 塔佩（Tape），阿根廷的一支原住民。
④ 查卡布科（Chacabuco），位于布宜诺斯艾利斯省北部。
⑤ 这里指的或为驿站里，一驿站里相当于四千米。

掉队。队伍快停下时，他救起了一头走散的牛犊。它陷进了泥潭里，四蹄朝天张开在风雨中。布尔戈斯不用下马就把小牛拉了起来，一把将它按在马鞍上。小牛挣扎了几下，但他单手就让它动弹不得。随后，他赶上队伍，让小牛安全着陆。布尔戈斯这么做不过是为了炫技，就像探戈歌词里常提到的浪荡子①，但很快，他就后悔了，因为没人关注他，更别提说上一句赞美的话。当时，他把这件事抛到了脑后，但渐渐地，他莫名感觉到其他人似乎有意在跟自己作对。他们只在发布指令时才和他说话，聊天时却从不让他加入，好像他不存在一样。每当夜晚来临，布尔戈斯总是第一个去睡觉，他躺在两层毯子之间看着大家在篝火边有说有笑，感觉自己就像生活在一场糟糕的梦境当中。活在世上十六年来，他还从未置身于这样的情形；他曾遭人虐待，却从未受到过如此忽视与冷遇。马帮长停的第一个驿站在阿苏尔②，抵达时已经是周六的傍晚。马锅头吩咐大家当晚就在镇上休息，次日中午继续赶路。他们将牲畜赶入一个规模不大的牛马圈，据说那是教堂的田产，就在镇子的入口处。听说

---

① 西文为"Compadrada"，也称"Compadrito"，指的是19世纪下半叶出现在拉普拉塔地区，特别是布宜诺斯艾利斯市的一类社会人物。他们通常有高乔血统，居住在都市郊区，常参与街头打斗，同时爱模仿富人，喜好吹嘘，装扮时髦。类似的角色经常出现在当时的探戈或文学作品中，影射了阿根廷城市化进程中的阶级分化等问题。

② 阿苏尔（Azul），隶属于布宜诺斯艾利斯省，位于布市以南。

古时候那里矗立着一座小礼拜堂，但后来毁于1867年的原住民大突袭，如今只剩几处残垣断壁充当围墙，圈养着牲畜。布尔戈斯在长满野草的砖块间辨认出一个十字，那是墙上的一处缺口，阳光照清了它的形状。布尔戈斯兴奋地向其他人展示自己的发现，但他们依然自顾自假装什么也没听到。暮色降临，十字架的形状在夜空下显得愈加清晰。布尔戈斯在胸前画了个十字，然后亲吻了自己的手指。此时，大家都在驿站的商铺里跳舞。布尔戈斯找到角落的一张桌子坐了下来，看着男人们大笑、醉酒，看着他们带着成行坐在柜台旁的女人去后面的房间。他也想选一个，但又怕她们对自己不理不睬，便没有起身。不过，他仍然想象了一下自己选择了面前这位花枝招展的金发女郎的场面。她个头很高，看起来像是那些女人中年纪最大的。他会带她走进房间，两个人躺到床上后，他开始向她倾诉自己的遭遇。布尔戈斯讲故事的时候，女人转起了自己胸前挂着的银十字架。"人都喜欢看别人受苦，"女人说，"基督就因为自己的苦难吸引了世人的目光，"女人说话时带着外乡口音，"如果耶稣受难的故事没有那么残忍，"她继续说，"人们就不会理睬这位上帝之子了。"布尔戈斯听到女人这么说，站起来打算拉她一起跳舞，但他转念一想，女人或许不会看他一眼，便假装起身去要了一杯杜松子酒。那天，男人们直到黎明时分才上床，一直睡到日头高照。临近正午时分，他们将牛马从牲口圈里拉出来继续赶路。天色暗淡，布尔戈斯没在教堂的墙壁上看见那个十字。队伍马不停蹄地朝着远方的暴风雨奔去，低矮的云层与开阔的原野融为一体。片刻过后，天上开始落下雨滴，都沉重如二十分的硬币。布尔戈斯裹紧了防雨斗篷，骑马走在队伍的最前头。他知道如何履行自己的职责，他们也明白他知道如何履行自己的职责。这是布尔戈斯仅存的骄傲，虽然他只是个微不足道的角色。暴风雨来得更猛烈了。他们将牛群集中到一处溪谷，整个下午都停在那里避雨。等到天空放晴，赶牛人开始四处搜寻失散的牲畜。布尔戈斯看到一头小牛几乎要淹死在一个新形成的湖坑里。它应该断了一条腿，因为每当它试图爬出坑外，就会再度滑入水中。布尔戈斯拿套索把那头牲口拉了上来，抓住它的后颈举在空中。小牛扭动着身子，四蹄绝望地踢腾了几下。布尔戈斯撒开手，它又掉进了湖坑里，只剩下脑袋还浮在水面上。他重新抛出绳索将它套住，它拼命扑腾着蹄子，使劲喘着粗气。此时马帮里的其他人已经聚集在峡谷边缘。这一次，布尔戈斯抓了好一会儿才放开它。小牛沉了下去，花了些功夫终于浮上水面。见状，赶牲口的男人们都开始大声发表各自的看法。布尔戈斯再次套住小牛，把它拉到空中，又像之前一样松开手。男人们高声喊着、笑着给他喝彩。布尔戈斯重复了几次同样的操作之后，小牛开始试图躲开绳索，藏匿在湖面下方。眼见它要划水逃走，男人们鼓动布尔戈斯将那牲口捉住。于是在一片嬉笑声中，他又展示了一会儿自己的拿手好戏。直到最后，他套住快要窒息的小牛，把它慢慢拉回到自己坐骑的脚下。地上的小牛奄奄一息，白色的眼瞳中充满恐惧。这时，一个赶牛人突然从马上跳下来，一刀结束了它的性命。

"好了，孩子。"他对布尔戈斯说，"今晚我们吃烤鱼。"所有人都发出了大笑，同路这么久，布尔戈斯还是第一次感受到男人间的兄弟情谊。

马塞多尼奥一直在搜集奇闻逸事。在他还担任米西奥内斯省①的检察官时，他就已经开始记录各种传说和故事了。"每段故事都有一颗简单的心灵，好比一个女人。或者说，一个男人。但我还是觉得，它们更像女人，"马塞多尼奥说道，"因为它们让我想起山鲁佐德②。"很久之后，朱尼尔心想，他们终于明白了他要表达的意思。那几年，马塞多尼奥失去了自己的妻子，埃莱娜·奥维塔；此后，他所做的一切（首先就是他的同名机器）都是为了让自己感觉妻子仿佛还活着。她是永恒，是流淌着故事的河流，是让记忆保持鲜活的永不休止的声音。他从

---

① 米西奥内斯省（Misiones），位于阿根廷东北角的省份。
② 山鲁佐德（Scheherezade），《天方夜谭》中给国王讲了一千零一个故事的女主人公。

未接受自己已经失去她的事实。在这一点上，他很像但丁。正如那位诗人一样，他构建了一个自己可以与妻子永远生活在一起的世界。马塞多尼奥机就是那个世界，就是他的《神曲》。他凭空创造了这台机器，很多年里，她都待在最高法院附近一间公寓的衣柜底层，披着一条毛毯。关于机器的想法是偶然出现在马塞多尼奥脑海中的，系统很简单。当机器将《威廉·威尔逊》改编成斯蒂芬·斯蒂文森的故事时，马塞多尼奥意识到，他已经拥有了建立一套虚拟现实的元素。于是，他开始创作序列和变量。他首先想到的是英国铁路和长篇小说的阅读。随着铁路交通的发展，长篇小说这种文学体裁在 19 世纪流行开来。因此，当时很多故事都以火车旅行为背景，人们喜欢在火车上阅读关于火车的故事。在阿根廷，小说中第一次出现铁路旅行毫无疑问是发生在坎巴塞雷斯笔下。

在一间展厅里，朱尼尔看到了埃尔多萨因[①]自杀时所在的车厢。那节车厢被涂成了暗绿色，人造革的座椅上残留着血迹，车窗敞开着。在另一间展厅里，他又看到了阿根廷中央铁路公司生产的一种老式车厢的照片，里头曾坐过在凌晨出逃的女人。朱尼尔想象她在座位上打

---

① 埃尔多萨因（Erdosain），阿根廷作家罗伯特·阿尔特（Roberto Arlt）笔下的人物，其自杀情节可见于小说《喷火器》（*Los lanzallamas*）的结尾。

眈儿，火车车窗通明，高速行驶着穿透了原野上的黑暗。
这是最早的故事之一。

女 人

　　她有个两岁的儿子，但还是决定抛下他。她拿一根
长带子穿过天花板上的铁环，再将孩子绑在带子上，留
他在房间里的防水布上爬来爬去。一开始，她担心孩子
会碰倒家具，便把它们都堆到了墙边，远离小家伙的活
动范围，屋子好像空出来了一样。她又给家里的清洁
女工留了张字条，谎称自己出去办手续。那是早上7点
钟。等到丈夫开车转过街角向办公室驶去时，她立刻叫
了一辆出租车去雷蒂罗站，登上从那里发出的第一班长
途列车。第二天，她来到了圣路易斯省①边境的一个小镇
上。她在宾馆登记时用的是自己母亲的名字（利亚·马
特拉）。她下午睡觉，晚上下楼去赌场试手气。她看着轮
盘，仿佛看到了命运的面孔。赌场里的男男女女正在寻
找命轮的答案，每个人都沉浸在自己的小宇宙中（那些
庄荷，女人心想，一群送葬官，如果是以前，她兴许会
带一个上床）。赌场条件简陋，铺着天蓝色的地毯，她想

――――――――――
① 圣路易斯省（San Luis），阿根廷内陆省份，其省府圣路易斯距布宜诺斯艾利斯
市约八百千米。

象着地狱应该也是这副模样。赌厅空着大半，灯光昏暗，绒头地毯泛着电蓝色。男人们身穿冲锋衣，女人们看起来像退休的酒吧招待。赌场里仿佛聚集了一群蝗虫，受难与生命都成了人造的东西。女人心里想着不同的时间，按照日期或月份依次下注，她每次都会赢。赌场关门时，他们把钱装在一个牛皮纸袋里给她。回宾馆的路上，她要穿过一个广场。广场上有一座雕像，几条长凳，一个用锁链拴在树上的铁皮垃圾桶。她准备给家里打一通电话，告知自己已经离开了。路上的石板在一处花坛前断开来，女人将装钱的纸袋藏在花丛中。这时的小镇空荡荡的，远处亮灯的地方是镇上过去的车站。女人穿过街，上楼回到自己的房间，那一刻她才决定打开自己的行李。她将衣服挂到衣架上，又将各式瓶瓶罐罐摆到浴室的壁柜里并码放整齐。为了不让阳光照射进来，她关上了窗户。最后，她给宾馆前台打去电话，要求免受打扰，就这样结束了自己的生命。

博物馆里展示着女人自杀时所在宾馆房间的复刻模型。床头柜上的台灯前，摆放着她孩子的照片。朱尼尔不记得故事里是否提到了这个细节。"旅店房间"系列出现在相邻的展厅中。一间公寓里，坐在草编椅上的老汉整晚拨弄着吉他的琴弦。里头有个用铁架托住的盥洗盆，一位德国士兵的情人刚刚在其中梳洗好自己的长发。朱尼尔看到了库埃纳瓦卡酒店的房间，蒙着蚊帐的床榻，还有龙舌兰酒瓶。侧面的一间展厅里是美琪酒店的房间，可以看到女人在其中翻找香水瓶的衣柜。朱尼尔惊诧于复制的场景竟如此逼真。好像一场梦。但梦是虚假的故事。而这些是真实的历史。它们各自待在博物馆的一隅，构建着自己生命的故事。一切都呈现出它们应有的样子。军队制服陈列在高大的玻璃柜里；莫雷拉①的长剑摆放在黑色天鹅绒衬垫上；同它们一道展示的，还有位于蒂格雷三角洲一座岛屿上的一间实验室的照片。这些材料构建了故事。故事如记忆般清晰。尽头的墙上挂着那面镜子，镜子里是机器讲述的第一个爱情故事。

初 恋

十二岁时，我第一次尝到了爱情的滋味。学年中途，班上来了一位红发女孩，老师介绍她是新同学。她站在黑板的一侧，那时她叫（或者她一直都叫）克拉拉·舒尔茨。我不记得接下来的几周发生了什么，只知道我们坠入了爱河，并试图掩盖这份感情，因为我们年纪还小，

---

① 胡安·莫雷拉（Juan Moreira，1829—1874），阿根廷高乔人，民间传说中的英雄人物。

知道自己在奢求不可能之事。如今，有几段记忆依然让我隐隐作痛。当我们排队站在一起时，其他人就会盯着我们。她的脸看起来就更通红了，而我必须忍受那些串通一气的傻瓜。放学后，我经常在阿梅内多足球场上和几个五六年级的学生打架，他们不仅会尾随克拉拉，还会朝她及腰散开的长发扔刺蒺藜。一天下午，我浑身是伤地回到家，妈妈觉得我要么是疯了，要么是被自杀狂热给传染了。我无法向任何人倾吐自己的感受，整个人看起来阴郁而丧气，好像一直睡不醒。我们互相给对方写信，虽然那时我们才学会写作。我记得一连串变幻莫测的狂喜与绝望交替着向我袭来；我记得她严肃又热情的模样，她从未展露过笑容，也许是因为已经预知到了未来。我没能留下任何一张她的照片，只保存了关于她的记忆，但我爱过的每个女人身上都有克拉拉的影子。克拉拉在年底到来前离开了，她的离去就和她的到来一样，毫无预兆。一天下午，她做了件很有英雄气概的事：她打破一切规定，跑到对她而言是禁区的男生院舍告诉我，他们要把她带走了。如今我依然记得，那时我们站在红砖地面上，被其他看热闹的人嘲讽着围在当中。克拉拉的爸爸是市政监察官，或者银行经理，他要被调派到拉本塔纳山①去了。一座山脉也可能是一座监狱，我记

---

① 拉本塔纳山（Sierra de la Ventana），位于布宜诺斯艾利斯省西南部的小镇。

得这种意象让我感到恐惧。这就是她年初转学过来的原因，这就是她或许爱过我的原因。那种痛苦是如此深切。我记得妈妈告诉我，如果你爱一个人，就在枕头上放一面镜子，你若能在梦中见到她，就会跟她结婚。于是每当夜深人静，家里所有人都入睡时，我便会赤脚走到后院，取下每天早晨爸爸对着刮脸的镜子。那是一面方镜，木褐色的边框，被一根细小的链子挂在墙面的钉子上。夜里，我总是睡睡醒醒，试图在梦中寻找她的身影。有时，我会想象自己看到她出现在镜子的边缘。多年以后的某天晚上，我梦到自己梦见她，在镜子里。她依然是小时候的模样，红头发，眼神严肃。我已经变成了陌生人，但她还是她。她朝我走来，就像我的女儿一样。

镜子的木框上有不少灰色缺口，好像是有人拿折刀刻上去的。朱尼尔看了看镜子里自己的脸，也看到了映在背景中的展厅。保安一直悄悄跟在朱尼尔身后，保持着一定的距离；这时，他走上前去，一只手搭在朱尼尔背上，另一只则在口袋中摩挲着。从喉结的活动来看，他正在吞咽口水。

"那是什么？"朱尼尔指着一个玻璃匣子问道。

"科学尚未有定论，"保安答道，毫无疑问，这是他背好的台词，"一只秃鹫，也可能是一只叫隼。1895 年，法国科学家罗杰·方丹博士在塔帕尔肯[1]附近发现了它。"他边说边用颤抖的手指指向那块铜牌。

玻璃匣子里，一只金属鸟正立在树干上，做啄翅状。

"奇怪。"朱尼尔说。

"现在你注意看这只头骨，"保安接着说，"它是在同一地区被发现的。"

那看起来像一只玻璃头骨。阿根廷乡间的宝藏无穷无尽。村庄里，人们依旧保留着古老传说的残骸。

玻璃头骨旁还有一系列骨头做的物件，成排摆放在一张低矮的玻璃展柜里。它们看起来像骰子，或者抓子儿用的距骨，又或者某种异教念珠。朱尼尔停下来研究一只日本花瓶，它或许是某位海军军官捐赠的。他曾在法兰西广场的集市上见过一件赝品，仿制工艺是如此精湛，以至于它比原件看起来还要古老和纯正。保安悄无声息地从一侧的楼梯离开了。朱尼尔穿过一间陈列着警察档案图稿和照片的展厅，来到下一间展厅。只见那里是一间家庭卧室，百叶窗紧闭，一盏床头灯亮着，没有家具。但是再往下一点，几乎与地面齐平的中心位置，在一个摇篮似的东西里，躺着那个玩具娃娃。

---

① 塔帕尔肯（Tapalqué），位于布宜诺斯艾利斯省中心地带的小城。

女　孩

婚后的头两个孩子一直过着正常生活，尽管在小镇上，有一个像她那样的妹妹意味着麻烦重重。女孩（劳拉）生下来的时候很健康，只是随着时间的推移，他们开始察觉到她身上的奇怪迹象。有人以她的幻觉机制为研究对象写了一份复杂的学术报告，刊登在科研杂志上，但早在那之前，她的父亲已经做出了解读。伊夫·冯纳吉[①]将女孩的病症称为"指涉怪癖"。从为数不多的几桩病例来看，患者会将周遭发生的一切想象为自身人格的映射。患者通常将真实存在的人排除在自身经验之外，因为他相信自己的智商显著高于其他人。世界是女孩的延伸，她的身体错位并再生。她对机械设备保持着持久的兴趣，尤其是电灯泡。她将它们视为词语，每次灯泡亮起时，就像有人开始说话。相应地，她将黑暗视为一种沉默的思考方式。一个夏日午后（女孩五岁时），她紧紧盯着一台在衣柜上方旋转的电风扇。在她眼里，电风扇是一个有生命的存在，性别为女，一个空中女孩，灵魂被关在了牢笼里。劳拉说她住在"那里"，然后举起手指向天花板。那里，她边说边将脑袋从左转到右。劳拉的母亲关掉风扇——就是从那一刻起，她产生了语言障

---

① 　伊夫·冯纳吉（Yves Fongay），匈牙利语言学家。

碍。她先是失去了正确使用人称代词的能力；又过了一段时间，她几乎放弃了使用人称代词；再后来，她将所有认识的词语都在记忆中隐藏起来，只在眨巴眼睛的时候发出一点咕咕声。母亲将她和两个兄弟隔离开来，生怕他们也染上瘾症，不过这都是小镇上的迷信，疯狂并不会传染，女孩也不是疯子。无论如何，他们还是将两个男孩送去了德尔巴列①的教会寄宿学校，全家隐居在玻利瓦尔的旧房子里。劳拉的父亲在公立高中教数学，还是个不得志的音乐家；母亲同样是位老师，虽然已经当上了校长，但她决定提前退休以照料女儿。他们不想将她送进精神病院。所以，他们每个月会带她去两次拉普拉塔的一家机构，听取阿拉纳医生的建议，让她接受电击治疗。劳拉的父亲解释说，劳拉生活在极端的情感真空当中。因此，她的语言会逐渐变得抽象和去人性化。最初，她尚能正确地说出食物的名字，她会说"奶油""糖""水"；后来，她开始将食物分成与其营养特征毫不相干的组别。于是，糖变成了"白沙"，奶油变成了"软泥"，水则是"湿气"。很显然，劳拉通过扰乱命名和弃用人称代词，创造了一种更适于自身情感经验的新语言。与其说她不懂如何正确地使用词汇，毋宁说她自发地创造了一种能够匹配自

---

① 德尔巴列（Del Valle），位于布宜诺斯艾利斯市西南方向，名字来源于曾参与19世纪针对原住民军事行动的纳尔西索·德尔巴列（Narciso Del Valle）上校；1898年，南方铁路兴建时期，开始有人在此居住。

身对于世界之体验的语言。阿拉纳医生并不同意这种说法，但劳拉父亲十分坚持自己的假设，并决定由此进入女儿的语言世界。她是一台接入错误界面的逻辑机器。女孩依据风扇模式而运行：固定的旋转轴心相当于她的句法框架；每当她想说话时，便会摇头摆脑，制造含混不清的思想气流。要教会她使用语言，意味着要向她解释词语的储存模式。但对她而言，词语就像高温空气中走失的分子，记忆则是空无一物的客厅里吹动白色窗帘的清风。有必要在无风的天气里，试着让帆船起航。于是，父亲不再带劳拉去阿拉纳医生的诊所，转而与一位歌唱老师合作，展开对她的治疗。他需要在劳拉身上纳入一种时序，在他看来，音乐恰恰是世界秩序的抽象模型。女孩跟随西伦斯基夫人，用德语歌唱莫扎特的咏叹调。西伦斯基是一位波兰钢琴家，主持卡尔韦①一家路德宗教堂的唱诗班。劳拉坐在钢琴凳上，跟着节拍号叫，这让西伦斯基夫人大惊失色，她觉得女孩像头怪兽。劳拉时年十二岁，圆润美貌，宛如圣母，但她的一双眼睛却像玻璃做的，唱歌前总要先咕咕叫上几声。在西伦斯基夫人眼中，劳拉是一头杂交的怪胎，一只海绵橡胶做的玩偶，一台人类机器，既没有感情，也不怀希望。大多数时候，她只是在尖叫而不是在唱歌，走音十分严重，但渐渐地，她开始能够跟上旋律线。

---

① 卡尔韦（Carhué），位于布宜诺斯艾利斯省西部的小城。

父亲正试图在她身上纳入时间记忆，一种空洞的形式，包括节奏序列和调式。女孩缺乏句法（她甚至没有句法的概念）。她生活在一个潮湿的宇宙当中，对她而言，时间是一张刚刚洗过、从中心处拧紧以排干水分的床单。她保留了自己的一片领地，劳拉的父亲如是说，她希望从中排除全部经验。一切新鲜事物，任何未曾经历、有待经历的事件，在她看来都是威胁与痛苦，都会让她感到恐惧。凝滞的当下，可怖的、黏稠的延宕，时序的缺失只能由音乐来填补。音乐不是一种经验，而是纯粹的生命形式，它没有内容，不会吓坏她，劳拉的父亲说道。而西伦斯基夫人常常会（惊恐地）摇动她满头银发的小脑袋，在开始弹奏海顿的清唱剧之前，她会将双手搭在琴键上休息。最后，当劳拉在父亲的帮助下终于走进时间序列之中时，她的母亲却病倒了，不得不住进医院。女孩将自己母亲的消失（两个月之后她去世了）与舒伯特的一首曲子联系起来。她唱起旋律的时候，仿佛是在哀悼逝者，追忆往昔。于是劳拉的父亲以女儿的音乐句法为基础，开始攻克她的语汇。但女孩缺乏参照物，这就好比在教一个死人外语（或是教外国人一门已经死掉的语言）。父亲决定开始给她讲短篇故事。劳拉靠近电灯，一动不动地站在朝向花园的庭廊里。父亲坐在扶手椅中，像唱歌一样给她讲故事。他希望句子能够作为意义的集合进入女儿的记忆。正因如此，他选择讲述同一个故事的不同版本。故事情节是世界的唯一原型，句子是潜在经验的不同频段。故事很简单。在《盎格鲁国王史》（12世纪）中，马姆斯伯里的威廉①记载了一位新婚不久的年轻罗马贵族的故事。热闹的婚礼过后，年轻人和朋友们在花园里玩掷球游戏。游戏玩到一半，因为担心婚戒丢失，他便把戒指套在了后院篱笆附近一尊青铜雕像微微分开的手指上。但当年轻人再回去取戒指时，却发现雕像的手指紧闭，戒指也无法取下来了。当下，他并未向旁人透露半个字，而是在夜幕时分带着火把和仆从再次回到花园中——此时雕像已不见踪影。年轻贵族没有将实情告诉新婚妻子，但就在当晚，当他躺在床上时，却发觉自己与妻子之间隔着什么东西，那东西沉重而混沌，令他们无法相拥。年轻人大惊失色，恰在此时，他的耳边响起了低语：

"拥抱我，今日你已与我结为夫妻。我是维纳斯，你已将爱的指环交付给我。"

女孩第一次听父亲讲起这个故事的时候，仿佛睡了过去。从后院花园吹来的阵阵微风拂在他们的脸上。事情似乎毫无起色；夜晚，劳拉爬进房间，蜷缩在黑暗中，照样发出咕咕噜噜的动静。第二天，同样的钟点，父亲又带她在庭廊中坐下，给她讲述故事的另一个版本。在

---

① 马姆斯伯里的威廉（William of Malmesbury，约1080/1095—约1143），被视为12世纪最重要的英国史学家之一。

马姆斯伯里的威廉写下那个故事约二十年之后的 12 世纪中叶，它的首个重要变体出现在一部叫作"帝王年鉴"的德国神话传说集中。在这个版本中，年轻人放置戒指的雕像并非维纳斯，而是圣母玛利亚。当年轻人欲与新娘结合之时，玛利亚贞洁地现身于两人之间，诱发了年轻人的神秘激情。于是年轻人离开自己的妻子，成了一名僧侣，将余生献于服侍圣母。在一幅 12 世纪的无名画作中，可以看到圣母玛利亚的左手无名指上戴着戒指，唇上挂着神秘难测的微笑。

日复一日，每当暮色降临，父亲就会换着版本给女孩讲这个故事。这个咕咕叫的女孩与山鲁佐德不同，她不是故事的讲述者，而是聆听者——听父亲将戒指的故事讲上一千零一次。不出一年，每当女孩听到这个故事的时候，脸上便会浮现出笑意，因为她已经知道情节将如何发展。有时，她还会看看自己的手，动动手指，好像自己就是那尊雕像。这天傍晚，父亲又带着女孩坐在庭廊的扶手椅上，她竟自顾自地讲起了这个故事。她看着花园，用轻柔的低语声第一次讲述了自己的版本。"穆沃凝望着夜色。之前他面孔所在的位置变成了其他人的面孔，那是肯尼亚的脸。奇怪的笑容再次出现。突然间，穆沃出现在房子的一侧，肯尼亚出现在花园里，戒指的知觉循环异常忧郁。"女孩说道。从那天起，她开始利用学到的词汇和故事的环形结构，构建一种新的语言，即一组没有中断的句子序列，并以此与父亲交流。在接下来的数个月里，女孩成了那个讲故事的人，时间还是每天傍晚，地点还是在朝向后院花园的庭廊里。最后，她能够一词不差地重复亨利·詹姆斯的版本，或许因为这个版本，即《瓦莱里奥伯爵》，是这一系列中的最后一篇故事。（故事的背景换到了意大利统一运动时期的罗马，一个年轻的美国女孩，继承了一大笔家族财产，在典型的詹姆斯式情节中，与一位家世显赫但家道趋于中落的意大利贵族结为连理。一天下午，在别墅花园中开展挖掘工作的工匠发现了一尊朱诺雕像。奇怪的是，伯爵竟被这尊希腊雕塑鼎盛时期的杰作迷住了。他将雕像转移到一间废弃的温室中，充满妒意地将它藏在任何人都看不到的地方。此后数日，他对自己美貌妻子的热忱有很大一部分都转移到了那尊大理石雕像身上，在温室中度过的时间也越来越多。最后，伯爵夫人为了将自己的丈夫从魔咒中解救出来，摘除了女神像无名指上的戒指，并将它埋在了花园的最深处。从此，他们又过上了幸福的生活。）一阵毛毛雨落在院子里，父亲在椅子中轻轻摇晃。那天下午，女孩第一次既没听故事，也没讲故事，好像有人穿门而过，她走出了故事的闭环，央求父亲给自己买一枚金戒指（说"戒指"这个词的时候，她用的是意大利语）。女孩在那里低声哼唱着，发出咕咕的声响，好像一台忧郁的音乐机器。她十六岁了，面容苍白，异想天开，仿佛一尊希腊雕像。还有着天使般的专注。

朱尼尔观察了戒指，又阅读了故事的不同版本。左侧展墙上悬挂的是丢勒的版画（《忧郁》，1514），画中维纳斯的形象象征着爱欲，她左手手指上戴着戒指，脚边有一颗石球。这是关于讲述的力量的故事，女孩在歌声中寻找生命，词语的音乐在金指环中循环往复。展厅另一侧陈列着一本《忧郁的解剖》，书中伴有手写笔记和图解。在这本书里，伯顿①也提到了戒指的故事，以此阐释爱的力量。多亏父亲的故事，女孩得以重获新生。讲述意味着赋予雕像以生命，意味着让对活着有所忌惮的人继续活下去。在一个玻璃展柜中，可以读到戒指故事的神话原型。"失去妻子的男人昼夜不停地捏出了一尊雕像，他无时无刻不在思念她。要么独居，要么按照亡妻的模样造像。爱欲让男人选择了后者，尽管那只是一场梦。《罗马人传奇》（中世纪最受欢迎的逸闻故事集）有记载，自认为巫师的维吉尔（第 57 则故事）雕刻了很多魔法塑像，以保存过世友人的灵魂。赋予无生命之物以生命是一种与幻术师的意念及巫师的法力有关的超能力。

---

① 罗伯特·伯顿（Robert Burton，1577—1640），著有《忧郁的解剖》（*The Anatomy of Melancholy*）。此书于 1621 年首次出版，并多次扩充再版。它不仅是一本关于忧郁症的医学著作，也是一部文学和哲学作品。伯顿以忧郁症为出发点，剖析了人类的情感与思想。

在埃及人那里，'雕塑师'一词本意为'留住生命的人'。在古代丧葬传统中，人们相信死者的灵魂会附着在象征其肉身的雕像上，因此会举办一场典礼来庆祝肉身向雕像的转换。"朱尼尔想起了埃莱娜的照片，那个身穿高领套头衫和苏格兰方格裙、面朝不可见之光微笑的女孩。一张照片也是一面梦见失去的女人的镜子。在展厅尽头的墙上，有一张放大的埃莱娜的照片。在几块玻璃板下方，朱尼尔读到了马塞多尼奥的手写信。"朝向未来形态的不定空间逃逸。可能之物即趋向存在之物。可被想象的事情会发生，并进而成为现实的一部分。"马塞多尼奥的意图并非制造人类的复制品，而是制造一台生产复制品的机器。他的目标是消灭死亡，建造一个虚拟世界。"城市—乡村，百万座农庄，上万间工厂，"朱尼尔读道，"将彻底从'租金'一词所引发的恐惧中解脱，其优势且听我一一列举如下：免遭军事行动的袭击；免遭围困或封锁；没有密探，也没有警察；几乎没有疾病；各种投机的、低效益的、赔钱的、赌运气的买卖将减少超过百分之四十。"朱尼尔跳到信的末尾，"战争行将结束，未来摆在我们面前的是美国的无数霸道的阴谋诡计。美国企图挫败和压制西班牙，将西语美洲世界更轻松地收入囊中。岛屿已经被占领，我们必须保护实验室。此致敬礼，马塞多尼奥。"朱尼尔留意了签名，是那种既纤弱又不朽的字迹。而后他又回到大厅转了一圈，伫没有走近机器。她平滑纤细，机身上似乎有一处间歇性跳动的光点。她注意到了我，只有我一个人，朱尼尔心想。其他人，在其他彼此分隔的展厅，沉浸在各自的回忆中。展厅空荡荡的。朱尼尔似乎看到走廊尽头出现了一束手电筒的光，它照亮了地面的瓷砖，正渐渐靠近。好像在黑暗笼罩的无名车站中，有人匆忙跳下一列火车，朱尼尔想象着，那人的手电筒发出的光照在草地上，划破了原野上的茫茫夜色。远处仿佛升腾起一片清晨的浓雾，韩国人①从梦中走出。他拖着左腿，艰难地沿着通往博物馆地下室和底层展厅的斜坡爬上来。他貌似职业赛马骑手，眼神空洞。他就是藤田，朱尼尔心想。他系着黑色领结，西装袖子上绑着一条黑色绸带，说明他正在服丧。朱尼尔想起了那个被关在美琪酒店房间里的女人。两人稍稍致意之后，藤田继续在走廊里前进，朱尼尔紧随其后。

"我有一份材料，想请您分析一下，朱尼尔先生。但在我们告知您其中的信息可以公开之前，您不能将其刊发在报纸上。您明白我的意思吗？"两人在博物馆一楼咖啡厅的一张桌子旁坐下后，藤田问道。桌子靠窗，从那里可以看到外面的温室。"您别理会那些女人说的关于我的事。正是因为疯狂占据了心灵，人们才会错失真相。

---

① 原文此处为"日本人"，疑误。塞尔希奥·魏斯曼（Sergio Waisman）的英译本（杜克大学出版社，2000）同样将此处改为"韩国人"。

我是个间谍，一个外国人，我想回到我先辈的土地上。现在我想告诉您的是，我为里希特①工程师工作。我认为您必须和他谈谈，他对整个情况非常了解。他从一开始就和马塞多尼奥一起工作，他手里有文件和底稿。他们想除掉我们，但我们会抵抗。我们，"藤田继续对朱尼尔说，"在里希特工程师的领导下，已经获取了故事的不同版本和底稿。举例来说，我们已经掌握了一篇绝密文本，机器所制造的最后几篇故事之一，或许就是最后一篇，因为有一系列六篇故事从未出版过，其中一篇已经流出了，此外是一组三篇，最后还有两篇，是她在被宣布失灵之前编辑的。"

藤田低沉的声音冷冰冰的，鲶鱼般的小眼睛死死盯着朱尼尔。他开始讲里希特工程师的故事：一位德国物理学家，战争刚爆发时为了躲避纳粹而出逃，负责机器的图纸和程序，后来投身商业，在布宜诺斯艾利斯省的一个小镇上装配了一套复杂的农业机械设备，但最终破产。"马塞多尼奥死后，工程师退居自己的工厂，废弃的厂房已经被抵押出去。设备被查封。他准备重新发起战

①　罗纳德·里希特（Ronald Richter，1909—1991），德国物理学家。20世纪40年代末，庇隆发起了"驼鹿岛计划"（Proyecto Huemul），旨在通过核聚变生产丰富、廉价的能源，推动"新阿根廷"的现代化进程。德国物理学家罗纳德·里希特受邀主持这项计划。他获得了大量拨款，在内格罗河省驼鹿岛上建立实验基地。里希特的构想给了庇隆极大信心，但很快，他遭到了国际上众多科学家的质疑，其所谓的实验成功被证实为造假。庇隆于1952年终止了这项计划，里希特则因为诈骗被捕。此后，里希特在多个国家间流亡，但最终又返回阿根廷，并于1991年逝世。

斗，他的母亲在楼上走来走去，因为那时候……"藤田说道，"工程师只和自己的母亲说话，她其实已经疯了，但他不想将母亲送进精神病院。他似乎将精力放在一所农工发展研究院的规划工作上，再也不去想机器的事了，事实上，他一直坚持将家里的事和梦想分开，也就是将自己母亲的事与机器的问题分开。"这家伙是在说胡话，朱尼尔心想，他正试图干扰我。

"您要多少钱？"朱尼尔突然打断他。

藤田的小胡子翘了起来，鲶鱼脸上露出笑容，他说话开始带韩语口音。

"不收钱，没有必要，不收，一分钱也不要，您的报纸需要信息，而我们可以提供资料，因为大家都不想看到机器停止运行。"藤田说，"您说对吗？"

"当然，"朱尼尔答道，"我同意。"

"或许您想让我现在跟您讲讲工程师是怎么认识马塞多尼奥的，他们又是怎么开始合作的，不过我们还有很多时间，而且您得先去一趟岛上，到他的工厂里跟他见一面，聊一聊。您看。"藤田边说边向朱尼尔展示那些资料。他特别强调了一个文件夹，里头装着里希特寄给他的故事，藤田复印了一份给朱尼尔并告诉他，他们希望尽力发起抵抗。

"政治权力永远是罪恶的，"藤田说，"总统是个疯子，他的部长们也都精神失常了。阿根廷政府掌握了读心术，其情报机关可以远程读取人的思维，渗透大众的思想。但是读心术有个致命弱点。它不能做出筛选，对所有信息照单全收，对人的边缘思想（老派心理学家所说的'无意识'）尤其敏感。面对资料的泛滥，他们扩大了侦查范围。但机器已经渗透到他们的网络中，让他们对收集到的故事难辨真伪。读心术和电视之间存在某种关联，"藤田突然说，"摄像机的技术性弱视镜头会对普罗大众被压抑的敌对思想进行记录和传输，并将它们转换成图像。看电视相当于阅读数百万人的思想。您明白我的意思吗？"

他既是一个匪徒，也是一个哲学家。东方传统，朱尼尔心想，就像武术和禅宗的结合。他正为天皇的去世而服丧，同时把那个女孩像猫一样关在酒店里。玻璃窗外的温室中，一个男人正提着一盏煤油灯在花丛间踱步。

"您见过蓝色玫瑰吗？"藤田问道，"它们产于坦珀利①，博物馆里有三朵。蓝色玫瑰极难保存，必须使用液态冰和硝酸银。最早运来的是铜玫瑰，但现在已经弄不到了。种植园被警方查封了好几次，他们每次都用不同的借口。要是由着警察来，他们总能带着一张新的搜查

---

① 坦珀利（Temperley），隶属于布宜诺斯艾利斯大区，位于布宜诺斯艾利斯市南部。

令出现，说是搜查，其实就是在食肉植物和罂粟丛中间闲逛。"

　　两人一起乘气动电梯下楼，藤田将重心放在右腿上，避免左脚着地，他的左脚在伊西德罗·卡萨诺瓦[①]的一条直线赛道上受了伤。当时他骑着一匹叫"小野狼"的白额马和骑着一匹"百胜将军"的英国寡妇展开了一场历史性的较量。阿根廷中央铁路公司被收归国有前，寡妇的亡夫曾在那里担任总经理。赛场上，看到寡妇像吉卜赛人一样拼命，藤田也使出了浑身力气。甫一脱缰，小野狼就发出了声嘶力竭的喘息声，但它径直向前，一度领先几乎有半英里，直到突然拌倒在地上，因心脏停止跳动而当场暴毙。白额马的尸体压在藤田的左腿上，导致他脚踝粉碎性骨折，无法接合。

　　"我可以不用拐杖，"穿过机器所在的环形展厅时，藤田有些卖弄地说，"因为我相信药物会治好我，我可不想满足于当一个废物。"藤田一瘸一拐的样子倒是更衬托出他的风趣，朱尼尔心想。这时，他们在出口处的斜坡前停了下来，朱尼尔试图清空思绪，什么也不去想。

　　"是一个女人让我来见您的。"朱尼尔随后说道。

　　"她也给您打电话了？"藤田问，"晚上打的？她跟您

---

　　① 伊西德罗·卡萨诺瓦（Isidro Casanova），隶属于布宜诺斯艾利斯大区，位于布宜诺斯艾利斯市西南部。

提起她的儿子了吗？"

"提到了她丈夫。"朱尼尔说。

"那是一回事。"藤田回道。

"您认识吗？"朱尼尔边说边给藤田看了那个姑娘的照片。

"这是埃莱娜，"藤田说，"他最爱的人①。女人啊，我们追逐她们，像白痴警察一样跟在她们身后。"他转身面向博物馆的入口。所有的灯都亮着，观众正在排队入馆。"拿着，"藤田对朱尼尔说，"当心些。"他递给后者一个牛皮纸信封，然后笑了笑，扬招了一辆出租车。朱尼尔钻进车里，坐好之后方才注意到藤田似乎有话要补充，因为他看到藤田打手势，还动了动嘴唇。朱尼尔将头探出窗外，但藤田做了个让他回去的动作。此刻，城市的喧嚣淹没了说话的声音，出租车已经上路，沿着公园一侧朝西边驶去。

朱尼尔斜靠在位子上。博物馆的时钟显示是下午 3 点。他打开信封。故事名叫"白色节点"。一个爆炸性的故事，关于城市生活中盘根错节的妄想。正因如此，到处都有管控，朱尼尔想道，他们正试图抹除街道上的录像。在案犯身份登记照片中，一道闪电般的光照亮了那些无辜之人的苍白面孔。

---

① 原文直译为"他眼中的瞳人"，出自《圣经》典故。

白色节点

尽管她已经知道那家诊所是个不祥之地，但当阿拉纳医生出现时，她的所有预感都得到了确证；阿拉纳医生的存在，似乎只是为了让所有癫狂与妄想都变成现实。玻璃制成的头骨，悬在空中的红色血管，人造灯下发光的白骨。埃莱娜心想，人就像块磁铁，吸附着自身灵魂的铁屑。她的思维方式已经跟疯子一样。她感觉自己的皮肤正在释放某种金属粉尘。正因如此，她才总是戴着手套，穿长袖衬衫，把全身包裹得严严实实。只有脸露在外面，仿佛外圈齿轮生锈的表支。一想到他们给她滴油用的铁皮壶，她就感觉到一阵恶心。眼不见为净，她闭上双眼，开始盘算她对阿拉纳医生的了解有多少。阿拉纳，劳尔，精神病学博士，师从卡尔·荣格，曾在德国和瑞士求学。治疗的方法是将精神病人都变成重度药物依赖者。每三个小时服一次"药"。让疯狂变得正常的唯一方法就是创造极端依赖。他刚在麻省理工学院主持了一场名为"疑病症与受孕幻想"的研讨会。埃莱娜将自己送进诊所的目的有两个：一来是为了做调查，二来也是为了控制自己的幻觉。她确信自己已经死了，有人将她的大脑（有时她说是自己的灵魂）植入一台机器。她感觉自己完全孤独地待在一间布满线路和电子管的白色房间里。这不是一场噩梦；相反，她确信她的爱人已经将自己从死亡那里赎回，将她植入一台传输其思想的装置当中。从此，她变得永恒不朽，但厄运也随之而来（所谓福祸相依）。正因如此，法官才会选择让她渗透到诊所中。一个男护士在门口接待了她；穿过铁栅栏的那一刻，埃莱娜决定要说出真相。她既是一个坚信自己的警察身份、被人强行送进精神病院的疯女人，也是一个训练有素、假装化身成博物馆里展出的机器的女警官（只是她必须保护一个男人的身份，从现在起，她叫他麦克。任何其他事情，包括真相在内，都是为了替他打掩护、保证他的安全而编造出来的）。

"所以您才说，永远别撒谎。"阿拉纳医生笑着说道。

"我没说过这句话，"埃莱娜反驳道，"别装傻。他们要求我调查你，医生，所以我才出现在这里。"

他转了个身，又笑了起来。

"很好，"他说，"跟我来吧。"

走廊通向手术室。橡胶地毯不仅阻止了电接触，亦消除了铝质车轮所引起的摩擦。从高处的天窗中可以看到花园中的树木。

"谁给您派的这项任务？"

"一个法官。"她答道。

窗户上装了铁栏杆；墙上挂着一幅阿拉纳的肖像。他的很多病人都是画家，用作品来抵诊费。

"他们会把你的这个猪圈夷为平地的。"埃莱娜说。

"做一台机器意味着什么?"阿拉纳医生问道。

"不意味着什么。"她说,"机器什么也不'意味',它只管运行。"

"很聪明的回答。"阿拉纳医生应道。诊所占地面积广阔,呈长方形,由不同的分区和隔间组成,像一座监狱。

"第一个房间里住的是紧张性抑郁障碍症患者,他们都走了——"阿拉纳解释说,"技术上说,他们去了另外一边,且无法返回。"

那些床铺看起来就像装着做了防腐处理的尸体,如同一群被床单和毛毯裹着的白色木乃伊。一个坐在金属椅上的女人正盯着窗户上的光。埃莱娜暗自记下警报器和隐形门的位置,她打算先设法见到麦克①,然后立即逃走。她猜想,他们或许把他关在花园尽头的一间耳房里。她在记忆中画出一张平面图;随着她越来越深入诊所,这张地图逐渐完整起来。为了更方便地传达信息,她采用了 100:2 的比例尺。每个区域都有自己的控制单元和监控系统,天花板上到处都是小型摄像头。埃莱娜想象了闭合电路和监控室的样子。她曾在纽约的宾夕

---

①　原文为"Mac",需要注意的是,本书中出现的一系列以"Mac"这一音节开始的名字,包括马塞多尼奥(Macedonio)、麦克·肯西(Mac Kensey,朱尼尔的父亲)、朱尼尔本人,即小麦克·肯西,以及后文将出现的麦金莱(McKinley)。有研究者指出,"Mac"也可能指涉苹果公司的麦金塔电脑(Macintosh),也就是 1998 年之后被简称为 Mac 的个人电脑。

法尼亚车站见识过监控中心。走道和站台上的所有旅客都一览无余。一位身材肥胖的女警官（一位真正的女警官）独自坐在白色地下室里——她化了妆，戴着黑色眼镜，身穿蓝色制服——的转椅上，周围被电视设备环绕，正目不转睛地盯着满墙的显示屏。她的衬衫上还别着一只麦克风，她说话和呼吸的声音从那里传出去。卫生间里，几个无赖蠢蠢欲动；女警官密切监视着，时不时向地面的巡逻队通报他们的动向。三个警察对着一个躺在通往6号站台走廊上的瘾君子一连踢了好几脚（站台出口通向长岛铁路的牙买加站）。诊所里，他们现在所在的区域，有一家卡尔松咖啡厅。这是一间颇具20世纪50年代特色的餐吧，灯光昏暗，餐桌全部靠墙摆放。这里聚集着移民、间谍、外国记者，还有寻求刺激的已婚女人。"他们把这里叫作'堕落灵魂餐厅'。"阿拉纳解释道。

埃莱娜在吧台边找到一个位置。她想喝上一杯啤酒。酒保对她展露笑颜。或许他们已经对她进行了注射。想象的风景已经被阿拉纳医生所穷尽；个人的幻觉构筑成现实。诊所是内心的城邦，每个人看到的都是自己想看到的事物。似乎没有人拥有自己的记忆。酒保把她当朋友一般对待。在镜子里，埃莱娜看到了母亲在奥拉瓦里亚①家中

---

① 奥拉瓦里亚（Olavarría），位于布宜诺斯艾利斯省，在布宜诺斯艾利斯市西南方向。

时的面孔。每个人都是瘾君子，沉浸在自己的谵妄、自己的小天地里，使用着各自高深莫测的隐喻。坐在吧台一侧的年轻人向埃莱娜举杯致意。

"我叫卢卡·隆巴多，"年轻人说，"我是罗萨里奥①人，大家都叫我意大利人，他们把我关在这里是为了保护我。在圣塔菲省，有人制造了一场灾难。他们屠杀孩子、女人；男人则必须摊开自己的手掌，如果是劳动者的手，就会被当场击毙。如今，那里只剩下沙漠与河流。很多人都逃到岛上去了，住在针茅地里。他们像原住民一样生活，在蜜蜂岛②上任何能落脚的地方安家。他们拿小锅煮水，做马黛茶。他们盼望着军队能离开自己的家乡。"

意大利人说话的时候，双眼紧盯着吧台后面的一排酒瓶。餐厅里坐满了人，DJ正用胜利牌留声机播放着饥饿者乐队的唱片。乌泱泱的人群在这里游荡。所有人都是同一副模样，脸色蜡黄，身穿支衣和绣边衬衫。周围旅店里的流氓无产者和神色紧张的单身游客正在寻觅米其林指南里不曾提到的乐子。或老或少的男人们，一波接一波断断续续地朝着相反的方向走去。相比之下，女

---

① 罗萨里奥（Rosario），阿根廷圣塔菲省最大的城市，位于布宜诺斯艾利斯市西北方向，圣塔菲省和恩特雷里奥斯省的交界处，巴拉那河西岸。

② 蜜蜂岛（Islas de las Lechiguanas），位于阿根廷巴拉那河河口三角洲的群岛，布宜诺斯艾利斯省与恩特雷里奥斯省交界处，名字来源于克丘亚语，意为"生产蜂蜜的黄蜂"。

人们大多安静地站在街角，或是像埃莱娜一样，衣着华丽，做了假体，眼神忧郁地坐在酒吧的吧台边。每天的这个时间点，益智游戏厅已经营业。埃莱娜看到街对面的店里有一个超人 D 模样的年轻人，他架着一副八百度的近视眼镜，正以超音速玩着三段论推理。只见他一副游刃有余的模样，以飞鸟般的优雅积累着分数。他的对手是个笑容羞涩的摩罗乔人，说话带有巴拉圭口音，是本市最优秀的弗雷格①语义学专家。阿拉纳医生平静地等待着，他一边翻阅漫画杂志，一边暗中关注超人 D 的战绩。

"所以你准备好与我们合作了吗？"阿拉纳医生问她。

"我能得到什么好处呢？"埃莱娜反问道。

她试图争取时间，为自己建立一道防线。她担心自己会背叛初衷，不得已而泄露秘密。她了解那些上街行动的家伙，他们会出卖每一个认识的人。他们戴着用人造皮肤制成的面具，坐在警车里在市中心巡逻。

"我们可以治好你。"阿拉纳回答。

"我不关心能否治好我，我只想改掉那些幻觉。你们可以做到吗？"

阿拉纳用一只塑料杯给自己倒了些矿泉水。

---

① 戈特洛布·弗雷格（Gottlob Frege，1848—1925），德国逻辑学家、数学家，他对推动分析哲学中的语言学转向做出了重要贡献。弗雷格理论中的诸多概念，包括指涉 / 参照（reference）、意涵（sense）、真假判断，在本书中多次出现。

"我们能帮你断开连接，"他说道，"但要花很多钱。"

"钱对我来说不是问题。"她说。

"需要从你的记忆入手，"阿拉纳说，"在我们的记忆中，存在高度凝缩的区域，也就是那些可以松解和打开的白色节点。它们如同神话，定义了经验的语法。语言学家教给我们的所有语言知识，也同样适用于生命基质的内核。基因编码和语言编码呈现出同样的特征。我们称其为白色节点。诊所的神经科医生可以尝试进行干预，但要给大脑开刀。"

他们要给她动手术。突然间　一阵倦意与空洞感袭来，她不禁担心起自己已经被断开连接了。

她想到那个从罗萨里奥出逃的意大利人。他声称自己属于人民革命军①，虽然人民革命军早已解散。她想象着他一次次被送进戒瘾所，又一次次逃出来，迷失在虚拟现实当中，他在不同的公寓间藏匿流窜，但又不断被抓获，后来，为了逃脱控制，他住进了地铁。他是反叛者，她是女英豪，玛塔·哈里②那样的人物，一位双面特工，任何深陷绝望之人都可以信任的知己。她必须离开，

---

① 人民革命军（Ejército Revolucionario del Pueblo），阿根廷历史上具有马克思主义倾向的游击组织，隶属于工人革命党。1970 年成立，1975 年起在政府的一系列镇压行动中遭受重创，最终于 1977 年解散。

② 玛塔·哈里（Mata Hari，1876—1917），荷兰舞女，一战期间与多国政要保持着密切关系，并充当法德两国的双面间谍，最终在法国被处死。她的传奇人生不仅吸引了学术界的研究，也曾多次被改编成电影。

回到街上去。她的眼前浮现出低地区的那个房间，那是她和意大利人会面的地方。她打算和他取得联系，他是唯一一个能够安排她逃跑的人。但是她必须学会遗忘，不能违背计划。她搞砸了雷蒂罗站台上的会面，几个流浪汉正在小火上烤陈面包，意大利人和她爬上列车。她有抹除自己想法的能力，就像有人会忘记已经到嘴边的话。他们无法让她说出她不知道的事情。一位海军军官出现在她面前，在他身后的走廊里，她似乎还看到了一群武装人员。

"您看，长官，"阿拉纳对他说，"这个女人说她是一台机器。"

"多么美丽的机器。"身穿白衣的男人说道。

埃莱娜既轻蔑又厌恶地看着他。

"你是个失去身份的人，而这里只有病人。"

阿拉纳笑了，光从他的皮肤上滑过。他露出铝质牙齿，那是只有贝尔格拉诺R街区诊所那位名叫古琦的艺术家才能做出来的一种价值不菲的超轻牙套。

"别紧张，"他说，"如果您想治好，就得跟我们合作。长官会帮您恢复记忆。他是人工记忆方面的专家。"

"女士，"长官说道，"我们想知道麦克是谁。"

他们无所不知。她必须逃走。她刚刚睡着了，但现在很清醒，她振作起来继续向前。天色暗了下来，街上到处都是大型电子广告屏，向空气中投射图像和光彩照人的脸庞。意大利人从对角线地铁站的电梯走了出来。春风和煦，街上椴树的香气让她突然感觉到一阵快乐。埃莱娜靠在珠宝行的玻璃橱窗上；不同时区的钟表齐齐指向下午3点钟。全世界的时区已经统一起来，以便协调8点档的电视新闻。当东京日出时，他们却不得不在黑夜里活动。不过这样更好，无尽的黑夜提供了便利，他们有将近十五个小时的时间穿越城市，去往开阔的乡野。她的脑海中浮现出静默的潘帕斯草原，最后几个小镇像山丘一样坐落在远方。他们已经决定去和爱尔兰人一起生活，意大利人知道怎么进入河口三角洲，与反叛的队伍会合。她曾听人说起过芬尼根岛，在巴拉那河的上游，利芬河的另一边，但愿他们能够抵达那里。岛上聚居着无政府主义者，他们是来自圣克鲁斯省和丘布特省[①]的英国殖民者的子孙后代。意大利人混在一群职员、警察、从塞利托来要往南方去的玻利维亚移民中朝她走来。他结实、果敢的身形在一片陌生的面孔中格外引人注目。所有死去的人，或许包括她在内，都躺在医院的床榻上。

"那么，"阿拉纳问道，"您是在哪里认识他的？"

"在特里乌纳莱斯[②]的一栋寄宿公寓，最高法院附

---

① 圣克鲁斯（Santa Cruz）和丘布特（Chubut）均为位于阿根廷南方的省份。

② 特里乌纳莱斯（Tribunales），意为"法院"，布宜诺斯艾利斯市的一片区域，但非官方划定的行政区，因阿根廷国家最高法院坐落于此而得名。

近。"她说。

　　她感到惊慌失措。他们越来越接近真相了，仿佛正在一张地图上追踪她生命的记忆；他们似乎比她自己还要了解她。她躺在一张铁床上，感觉自己已经被打开，风扇吹出刺骨的凉风。那是安非他命制造的幻觉，她大脑思考的速度比她用语言表达的速度要快很多，想法不断转化为现实的图像。她无法停下来；她会从睡梦中醒来进入另一重现实；她会在不同的房间，另一个生命中醒来；她发狂，不想再次陷入睡眠。如果能生活在永恒的失眠中该有多好。他从不睡觉；偶尔略作休息，但也不会真正入睡。她躺在医院的时候，他彻夜守着她，但不敢进入她的房间，只是隔着朝向院子的窗户往里头张望。他坐在等候室的印花沙发上，一直没有合眼。他担心医生会给她注射麻醉剂，然后将她带去做手术。那样的话，他们就可以处理她的记忆，清除信息记录。但只要她还在机器里，她就可以战胜物质，发起抵抗。"一具肉身，"麦克说，"无足轻重。只有灵魂拥有真正的生命，语言即灵魂的外在形式。"她知道那些无政府主义者已经安排数人渗透进了诊所。他们给了她一个联系人的名字，以备不时之需。雷耶斯。美琪酒店里的女人。尽管她暂时不想去考虑这个人，但她觉得自己周围的空间里，总有字母浮现，拼出"雷耶斯"这个词。雷耶斯先生，他既是生意人，也是匪徒，还是英国文学教师。人群推推操操，让她无法向前迈步。意大利人站在那里，形容憔悴，沉默不语，比平日更显忧郁。他已经身无分文，身上最后的钱付了出租车费。他是他们所雇过的最优秀的爆破专家，也不想招惹警察。当红灯暂停了他们的脚步时，埃莱娜向他走了过去。断断续续的车流在科连特斯大街上前进着。

"我们必须到岛上去，"她说这话的时候，视线没有落在他身上，"我有联系人，但他们在监视我。"

"他们监视我们每个人。"他回应道，并冲她笑了笑，他笑起来的时候像个疯子，接着又用余光看着她，"首要任务是进入博物馆，"他继续说，"那里已经被清空，建筑弃用了，只剩下些废墟。"

他们站在白银市场庞大的混凝土楼体背后的卡拉韦拉斯小巷里。战时这里曾被征用作兵营，墙上的庇隆照片依稀可见。越来越多的难民和流浪汉住进展厅里。警察尚未冒险进入，不过倒是有些政府派去的密探。她感到迷惘，好像丧失了真实感。

"您已经失去了真实感。"阿拉纳对她说，仿佛能够读取她的思想。或许她正在自言自语。

"这是一个没有记忆的地方，"她说道，"所有人都把自己伪装成其他人。间谍们向来擅长否认自己的身份，调用他人的记忆。"

她想起了格雷特——她已经变成了一个在市场地

下二层的商铺里卖照片的英国难民。她被渗透了，于是埋葬起自己的过去，接受了一段虚构的历史。她再也无法回忆起曾经的自己。有时，她在梦里爱上一个自己并不认识的男人。她的真实身份已经变成了一具无意识的肉体，一个被遗忘的女人的生命碎片。她是博物馆里最好的摄影师；她透过不属于自己的眼睛观看世界，这种距离感表现在她的照片里。他们必须找到格雷特，她可以带他们去见雷耶斯。意大利人问起雷耶斯的身份。

"他原来是个英国文学老师，现在倒卖美沙酮，"埃莱娜向他解释道，"还管理着秘密疗养院和戒瘾所。"

格雷特坚信自己曾是雷耶斯的妻子。一个来自洛玛斯·德萨莫拉①的英国女孩，爱上了讲授 E. M. 福斯特和弗吉尼亚·伍尔夫的青年教师。这段故事成了她的"不在场证明"，她只是一个想对自己暗恋的男人实施报复的失望女人。他们必须找到她。白银市场地下层的一侧通向七月九日大街底下的数条步道，另一侧与卡洛斯·佩莱格里尼地铁站的走廊相连接，本市所有的地铁线路都在此站交会。那里也是一个逃逸点，聚集着难民、反叛者、嬉皮士、高乔人、间谍、形形色色失去身份的人、走私犯和无政府主义者。要进入白银市场，需要先穿过

---

① 洛玛斯·德萨莫拉（Lomas de Zamora），位于布宜诺斯艾利斯大区西南部的小城。

一处废弃的停车场，那是一片介于收容所与城市之间的无主之地。毫无疑问，他们在卡拉韦拉斯小巷时就已经被发现了，一举一动都暴露在闭路电视屏幕上。她看到自己出现在诊所里，天花板上是摄像头的白色电子眼。她觉得阿拉纳正在自己身后与一位护士小姐交谈。她感觉自己要睡着了，实在是太累了。意大利人拉住她的胳膊，硬拖着她向前走，几乎是小跑着穿过了一桩桩被废弃的停车计时器，仿佛在穿越一片森林。喇叭里传来爱尔兰乐队饥饿者的新赞歌《爬行动物饲养箱》。乐队成员是民族主义抵抗力量的孩子们的孩子。莫莉·马龙，十七岁，乐队的核心人物，凭借玻璃质感的嗓音，一举成为超级巨星。她的兄弟乔治①，音色温暖的男高音，为她伴唱。但乔治不喜欢按常理出牌，他总是篡改歌词，在共和军赞歌中加入即兴说唱。人们都因莫莉·马龙的现场演出如痴如醉。音乐会持续了两个小时。就算是监控室的工作人员也多半将显示器接入了第 9 频道的直播。意大利人心想，他们运气不错，或许能够逃掉。他们有三十六分之一的可能。概率都一样。他喜欢玩轮盘，因为轮盘就是模拟人生。

　　"我从罗萨里奥来，"他对看门的韩国人说，"我们必须进去，她是阿拉纳的病人。"

---

① 莫莉·马龙（Molly Malone），都柏林民间传说中的人物；在詹姆斯·乔伊斯的小说《尤利西斯》中，主人公布卢姆的妻子也叫莫莉。乔治·乔伊斯（Giorgio Joyce），乔伊斯的儿子，是一位歌手。

他可能是个警察。每个人都在为情报机关工作，大家都变成了间谍、线人、合法杀手，或者为了从事地下工作而注射毒品的警察（在纽约，有一半瘾君子是侦探）。当亚洲难民犯下的罪行越来越多时，警察就得雇越来越多的亚洲难民当线人。法律正是一种真假不分的神经错乱，意大利人心想，你只有和别人一样，才能苟活下去。他如果是政府派来的特工，就会小心隐藏自己的身份。看门人让他们进去了，又带他们爬了一段楼梯，随后穿过一扇门，接着又是一段楼梯。最后，三个人来到了一间天花板很高的长厅。白色的墙面与明亮的花窗烘托出一种诡异的静谧感。此时，音乐已经从耳边消失了。

"这就是博物馆。"意大利人说道。

各种各样的展厅绵延数千米长，玻璃柜里陈列着历史资料。埃莱娜看到特里乌纳莱斯一栋公寓里的房间，一个男人正坐在矮脚凳上弹奏吉他。她看到两个骑马穿越堡垒防线的高乔人，又看到一个在火车座椅上自杀的男人。她看到复刻的阿拉纳诊室，并再一次看到了自己母亲的面庞。意大利人拥抱了她。她也看到了这个场景。意大利人在一座博物馆的展厅里拥抱她。她还看到了复刻的舞台，莫莉·马龙正在聚光灯下用猫咪般的嗓音领唱《安娜·利维娅·普鲁拉贝尔①》。

---

① 安娜·利维娅·普鲁拉贝尔（Ana Livia Plurabelle），乔伊斯小说《芬尼根的守灵夜》中的人物，象征永恒与普世的女性。

"走吧,"他说道,"我们得离开这里。"

他们走出展厅,又进了一家电视维修作坊。一个白头发、黑胡须的老人从微型处理器上抬起头。是麦克。埃莱娜感觉自己差点哭了出来。意大利人打开一台迷你电视机的后盖,把它放在玻璃柜台上。

"这是一台家传的旧设备,"他说,"我想修好它。"

"哪里坏了?"老人问道,他说话的时候略带德国口音。

"它只能接收过去的频道。"

老人抬起头。

"您别逗了。"说完,他便继续把心思放在录像机的电线上,他得接成一个闭路。

"她是埃莱娜。"意大利人介绍说。

老人在三种频段间调试图像,他的眼睛虽然近视,但在自己设计的微型电路板上扫视起来却异常敏锐。老人看了看埃莱娜,但没认出她来。

"我们想进入工厂。"意大利人说。

柔和的灯光笼罩着作坊,地铁驶过的隆隆声让天花板不时震动起来。

"就是这里。"老人回答。

一群科学家逃离了20世纪40年代中期建成的原子能研究机构。他们重整旗鼓,在一个废弃的车库里开了间小规模的修理厂。工厂悄无声息地日渐扩大,在沙漠和各省的城镇开设了分支。

"我们一直保持着联系，"他说，"只是在等待恰当的行动时机。一共四十三个人，我们准备加入抵抗。"他的左手开开合合，好像在按照五人一组计算科学家的人数。"其他的我不能多说了。我谁也不认识。"他笑着看向埃莱娜，接着又对意大利人说："现在你们可以带上这台设备离开了，已经修好了。打开看看。"

屏幕闪烁，随即出现在眼前的是一系列小型修理厂，它们散布在全国大大小小的城镇当中。工厂里，身穿白色罩衣的修理工正在拆卸老式收音机，或是重新组装闲置的发动机。

"我们要做什么？"埃莱娜惊讶地问道。

"什么也不用做。"老人答道，"你们走吧。"

是麦克，但他没认出她来。她没有走近他。她不想触碰他，也不想被他触碰。死人的世界，但丁笔下地狱的地图。一圈，一圈，又一圈。

"这么说来，"阿拉纳说道，"您是地狱里的一个死人喽。看看您多聪明。"

"以前的我确实很聪明，"埃莱娜说，"现在的我不过是一台只会复述故事的机器。"

"偏执狂。"阿拉纳说道。他示意自己的助手过来。那是个身穿白色罩衣、戴着橡胶手套的年轻医生。他俯身靠近埃莱娜，笑着做了个鬼脸。

"我们必须做手术了，"他说，"需要从神经系统入手，切断她的连接。"

"他是修电视机的。"埃莱娜说。

"我知道，"阿拉纳回道，"我需要名字和地址。"

片刻的停顿。诊所立柜的白色玻璃上倒映出转动的风扇。

"还有个会读心术的人，"埃莱娜继续说，"他一直跟着我，读取我的想法。他叫卢卡·隆巴尔多，罗萨里奥人，大家都叫他意大利人。如果我回答了您的问题，他就会引爆那些安装在我心脏里的微型球体。"

"别犯傻。"阿拉纳说，"您患上了精神疾病，现在正处于偏执性妄想发作期。这里是贝尔格拉诺街区的一家诊所，我们正在对您进行长期药物治疗，您是埃莱娜·费尔南德斯，"他顿了顿，继续读病历卡，"在国家档案馆工作，有两个孩子。"

"我已经死了，他把我转移到这里，我是一台机器。"

"看来我们要对她进行电击了。"阿拉纳对那个长着娃娃脸的医生说道。

"听着，"埃莱娜说，"在白银市场的地下层，就是我们通常所说的首尔区，有个英国摄影师，叫格雷特·穆勒，和那些韩国人住在一起。她为反抗组织工作。"她不得不交出格雷特以保全麦克。或许她可以在警察出现之前提醒格雷特，这样她就不会有危险，埃莱娜心想。信息已经公开。通过研究虚拟图像，她已经学会了如何描述自己从未见过的事物。

"我们知道，"阿拉纳说，"我想要名字和地址。"

一切又从头开始。城市的天空已渐渐泛白，白银市场里的灯依然亮着。在那里，一切也将重新开始。市场的地下层，一间亮着红灯的暗房里，格雷特·穆勒正在冲洗那天晚上在水族馆拍摄的照片。海龟甲壳上的纹路是一种失落的语言残留的符号。起初，白色节点就被标记在骨骼上了。世上的所有生灵共享着这张盲文地图。而如今这种原初语言仅存的痕迹就是海龟甲壳上的符号。史前的幽灵与图形皆刻画在骨板上。格雷特将照片放大，投射到墙面上。眼前的一系列图形是某种象形文字的基础。从那些最初的核心元素出发，历经数个世纪，世界上的所有语言逐渐发展起来。格雷特想到岛上去，因为有了这张地图，就有可能建立一种新的通用语言。在过去，人人都懂得所有词语的含义，白色节点是刻录在身体上的共同记忆。她从天窗中探出身去，望着七月九日大街的方向。在清晨的这个时刻，路上的车辆愈加稀稀落落，整座城市的活动还是夜间的模样。或许她终于可以睡个好觉，再也不会梦见博物馆，不会梦见机器，也不会梦见那些相互纠缠、含混得叫人百思不得其解的语言。那些是被遗忘的世界，她心想，再也没有人保留生命的记忆。未来对我们而言好比关于一间童年小屋的回忆。她必须到岛上去，追寻那个要来拯救他们的女人的传说。或许，格雷特心想，她正平静地躺在沙砾中，被遗落在空荡荡的河滩上，宛如一尊未来夏娃[①]的叛逆雕像。

---

① 法国作家利尔·亚当于 1886 年出版了科幻小说《未来的夏娃》(*L'Eve Future*)，讲述了一位与爱迪生同名的发明家创造了一个机器女人的故事。这本书被普遍认为带动了"仿生人"（Android）一词的流行。

III

机械鸟

1

朱尼尔从睡梦中惊醒。电话又一次在午夜时分响起，还是那个把他误认成别人的女人，她向朱尼尔讲述了自己前夫的悲惨遭遇。那个男人名叫迈克①，去了马德普拉塔②一家冬季歇业的旅馆当守夜人。某天早上，迈克被人发现死在旅馆里，人们循着收音机里传出的音乐，从一个空房间找到另一个空房间，最后在一间百叶窗紧闭的屋子里发现了他的尸体。女人说，起初他们以为迈克是自杀的，后来又认为他死于情报人员之手。她的前夫正在潜逃中，他原来效力于人民革命军22队，一个托洛茨基-庇隆主义组织，后来队伍被挫败，溃不成军，他开始逃避追捕。一个托洛茨基-庇隆分子，女人说道，随后她压低声音，说起了诊所。她刚在那里度过了两个月的时

---

① 迈克（Mike）与前文提到的麦克（Mac）在发音上近似。朱尼尔的西班牙语名字米格尔（Miguel）在英文中对应迈克尔（Michael），也称迈克。
② 马德普拉塔（Mar del Plata），意为"白银之海"，位于布宜诺斯艾利斯省东南部的海滨城市。

间，女人继续说，那里仿佛一座监狱，一处殖民地。他们对她进行了康复治疗，现在她的名字是胡利娅·甘迪尼。他想象那个女人被虚假的现实所淹没，陷落在陌生的记忆里，不得不以其他人的身份活着。类似的故事传得满城风雨，机器已经开始吸纳来自现实的素材。胡利娅对他说，没有人跟踪她，她十八岁，想要见他。

"即便只凭我掌握的一半信息，"她对他说，"你也可以出一期日报特刊。"

她像朋友那样用"你"来称呼他。她的笑声很干净，无忧无虑的感觉。

他们约在一家餐吧见面，在冒蒂罗火车站。

"我怎么才能认出你来？"

"我长得像俄罗斯人，"朱尼尔告诉她，"迈克尔·乔丹那样，但我是白人。"

"迈克尔·乔丹？"她重复道。

"就是在芝加哥公牛队打球的乔丹，"朱尼尔说，"我跟他长得很像。"

"我从来不看电视。"女孩说。

朱尼尔心想女孩大概是被关久了，所以没能明白他提到的参照，她仿佛生活在另一重现实当中。但他想见到她，毕竟他没有太多选择。他已经去过白银市场的地下商铺，也翻遍了新闻档案。他还在低地区的酒吧里做了几笔交易，那里总有人贩卖些假文件、伪故事，最早几篇故事的初始版本。他的房间里到处都是文件、笔记、钉在墙上的文本和图表。还有录音。他试图继续追查那条中断的线索，即弄清楚他们为什么要中断她的连接。有些事脱离了掌控。一系列意想不到的事实浮现出来，仿佛档案被打开了一样。她没有吐露任何秘密，或许，她甚至都没有秘密，但有迹象表明，她在故意回避所有人都期待她说出的内容。有关博物馆及其建设的信息已经开始进入机器。她正在讲述自身的状态。她不曾提起自己的过去，但创造了重建过去的可能性。正因如此，他们才打算切断她的回路。她正在筛查真实信息。关键在于一个工程师，藤田叫他里希特。朱尼尔想建立联系，他确信诊所的故事是对另一个故事的移项。或许，女孩可以帮助他沿着这条线索继续查下去。又或许，那只是一个不重要的信息，这条线索其实另有深意。但女孩或许能够帮助他处理信息，或者对信息进行更新。自离开博物馆，他已经两个晚上几乎没有合过眼。他在那些故事里进进退退，在城市里四处游荡，试图解开那条总是充满等待和延宕的线索，一条他已经无法抽身的线索。诚然，眼前所见令人难以置信，但他在现实中找到了证据。它就像一张网，一张地铁图。他从这边到那边，穿越重重历史，同时在多个观察点之间移动。而现在，他正坐在雷蒂罗车站的一家餐吧里，一边吃着烤肠、喝着啤酒，一边等待着电话另一端那个女孩的出现。一个老汉正在拖洗空落落的站台，日日的热闹刚刚开始。雷蒂罗车站几乎停运了，去往蒂格雷[①]的火车不知何时才有一班。一个女人走上前来，询问火车线路是否还在运行。此时是早上6点钟，整个城市方才开始运转，朱尼尔必须密切关注周围的人来人往，但又不能表现得过分不安。他紧紧盯着地铁站的出口和站厅，双眼好像微型秘密摄像机，捕捉到一辆刚刚停靠站台入口、正在卸运早报的机动车。那是当天的第二版。他们不知道说些什么，只是堆砌消息。巡逻队控制着整座城市，必须处处留心才能保持消息灵通，跟踪城市里发生的大事小情。管控无时不在。警察总掌握着话语权：他们可以撤回他的通行证，可以禁止他进入新闻发布会，甚至可以撤回他的工作许可。获取秘密信息是被严令禁止的。他将希望寄托在胡利娅身上，期盼着她的到来。或许她说的都是实话，或许她会和警车一起出现。正在发生的事情让人感觉异常撕裂。一切都与往常无异，但他又能嗅到空气中危险的气息，警报发出沉闷的低语，好象城市马上就要爆炸。虽然到处弥漫着可怖的气氛，但只要生活还能继续，人们就不会丧失理智。尽管可以感受到死亡与恐怖的信号，但目之所及之处，习惯并没有发生明显的变化。公交车依然停在街角，商店依然开门迎客，恋人依然结为夫妻

并为此庆祝，不可能有什么严重的事情发生吧。赫拉克利特的格言颠倒了，朱尼尔心想。他感觉每个人都在做着同样的梦，但又生活在彼此隔绝的现实中。某些说辞，以及现实的某个特定版本，让他想起了马岛战争时期。当时，阿根廷军队已经输掉了战争，但没有人知道。女人们继续在方尖碑广场上临时搭建的帐篷里为士兵缝制大衣。所有确定的事物都有其不确定性，朱尼尔揶揄道，必须潜伏在这种不确定的确定之中，好像信奉一种秘密宗教；做决定，并将事实与虚假的希望区分开，都不是那么容易的事情。他来到一家卖夹肉面包的小铺，在朝向英国人广场一侧的屋檐下坐定。他一边吃热狗一边喝啤酒，同时心不在焉地阅读着当天的报纸。电视上正在播放一档有关博物馆的特别节目。政治垃圾。空气中飘浮着油腻的烟气，但店里的氛围让人感觉很舒服，几个司机聚在柜台附近，身穿黑色外套的收银员此刻正在收银机里翻找零钱，这些人提起了朱尼尔的兴趣。一个家伙凑过来聊天，仿佛已经跟他认识了一辈子。人们对现实的感觉发生了变化。这家伙仿佛在和他的兄弟说话，但那里并不存在什么兄弟。

"总统嗑药，他甚至不在乎人们是否知道这件事。瘾君子都不知羞耻，没有力比多就没有廉耻心。"他说。

"当然了，"另一个坐在吧台边的人加入了对话，"有一回，我女人待在家里整整一周没出门，就因为她长了一个这么大点的疣子。"他把自己的小拇指指尖展示给大家看，说，"整整一周，她都不想出门，因为她觉得自己难看得要命。"

"她真是充满了力比多。"收银员说。

"一整周没出门。"

"庇隆正好相反，他脸上长满了斑斑点点，有人管他叫痤疮脸。但他无所不在，他喜欢让别人在公共场合给他拍摄特写，彰显他那副粗糙的支囊。"

"如果一个人掌握了权力，有权有势，他就想向大家展示自己。"

"因为政治是一面镜子，"另一个人接着说，"不同的面孔出现在镜子里，它们互相打量又一起消失，旧的面孔被新的面孔取代，更新的面孔出现，它们继续互相打量又一起消失。"

"面孔会被吞噬。"挑起话题的男人说道。

"但镜子永远都在那里。"另一个人说着便将脑袋埋在双臂间，靠在柜台上休息，"再给我一瓶啤酒。伙计，再来一瓶吗？"他问朱尼尔。

"不了，我吃好了。"朱尼尔回答。就在那时，他看到那个女孩出现了，并且立刻认出了她。她从站台那一头走过来，马上冲他露出了笑容。

"现如今，"收银员说，"实际上，电视就是一面镜子。"

"正是如此，"另一个人说道，"一面保存人脸的镜子。"

"镜子里保存着所有人的脸，一个人看到自己的时候，也会看到别人。"

"那正是妙处所在。"收银员说完陷入了沉思。

"我走了。"朱尼尔向大家告别，留了些钱在柜台上，"大家再喝一轮，我请客。"

在座的几位纷纷向朱尼尔表示感谢并道别，他跳下高脚凳，朝女孩走去。

他们离开车站，去往圣马丁广场的方向。女孩很有魅力，但给人以疏离感，散发着一种消极，几乎是冷漠的气息。好像这世上的一切都不重要。冷淡。或许是害怕，朱尼尔心想。她穿着紧身米老鼠T恤和磨得发白的牛仔裤，古怪又过分美丽。很快，她开始讲述自己的故事。迈克错了，他难逃一劫，因为暴力只会滋生暴力。他一直过着地下生活，指挥过几次武装行动，后来从中退出，在被抓之前过着漂泊无定的日子，每天要换两个地方藏身。"1973年 ①，那时的我认为，现实受情感驱动，而不是政治逻辑。如今我对历史的看法已经完全变

① 1973年，胡安·庇隆结束了自己在西班牙十八年的流亡，返回阿根廷，并第三次就任阿根廷总统。

了。我们都生活在意识形态的狂热之中。我认为对历史的修正不应该只针对最近几年，而要追溯到更早的时期。我们在完全错误的政治文化和公民意识中长大。只有经历这种灾难，才能真正体悟到生命的价值和对民主的尊重。"她像鹦鹉一样喋喋不休地重复着自己的论断，声调是如此中立，以至于显出几分讽刺。她忏悔过。她曾参加过自助小组。但无法辨明她究竟是在推心置腹，还是患了精神分裂症。她走路时心不在焉，不时会抬起脸看着朱尼尔。

"你喜欢我吗？"她突然问道。她猛地贴近他，又立刻弹开，紧贴着路边继续往前走。她说自己一直过着讨别人欢心的生活，很快变得温顺而无所保留。她看起来天真烂漫，但绝对不是傻瓜。既脆弱又坚韧，他的女儿或许就是这样。

"当然了。"朱尼尔答道，他的心底生出一种奇怪的情感。他想起了自己的女儿，这可能就是他归来的女儿，像其他很多人一样，十年、十四年之后，终于回家了。但她终究不是自己的女儿，所以朱尼尔才觉得奇怪。朱尼尔似乎对女孩产生了感情，但又十分冷淡，这样说来，那或许压根儿就谈不上是一种感情。他只是喜欢和女孩走在一起的感觉，别人会以为他们已经上过床了。他对自己的想法感到吃惊，吃惊于一切竟如此简单。"你从诊所逃出来了。"他对她说。

"没有人能从那里逃出来，"她说道，"一个人去那里是因为她想去，当你戒不掉时，你就必须去。意志力是不存在的，一旦你进去了，就会丧失自己，这不过是他们发明出来让人自寻短见的蠢东西。"

她一点都不傻，朱尼尔确信了自己的想法，只是经验不足。她想帮助他，就马上告诉他了。她读过朱尼尔发布的报道，但他了解的不是事实的全部，她刚从那里来。

"从哪里来？"朱尼尔问道。

"别装蒜了。"她回答。他们的交流缺乏共同的参照物，一切既相同又不同，好像在说着两种语言。

朱尼尔必须对谈话保持耐心，让女孩掌握主动权。

"我喜欢这里。"她告诉他，两人在面朝军旅俱乐部的一条长椅上坐了下来，"敌人的地盘。你看他们拥有的地方，总是很封闭，他们一头扎进训练厅，一辈子就活在射击场里。我见过他们。我爸爸就在军队里，他们会练剑术，还会真枪实弹地杀人。你知道我和你一起待在这里冒着怎样的风险吗？"

"我当然知道。"朱尼尔说。

他决定继续保持沉默，让女孩施展自己的策略。

"我有事情要托付给你，"她对他说，"所以我才给你打电话。你认识工程师吗？"

"认识，我的意思是，他们跟我提起过，但我从没见过他。"

"你想见他吗？"

"当然想。"他答道。

"拿着，"她说，"这是给你的。"

那是一个从中间对折的航空信封。

"别打开，"她对他说，"留好，之后再打开。"

"我会留好的。"朱尼尔说着将信封塞进冲锋衣的口袋里。

"你从哪里知道他的？"她问道。

"全世界都在议论他。但我是听博物馆的保安说的，一个韩国人[1]，名叫藤田。"

朱尼尔跟她说起自己了解的信息，她确认工程师住在一个类似海底堡垒的地方，离群索居地做着各种谋划，不跟任何人来往，他为人友善，充满智慧。他隐居的原因是当局指控他玩忽职守，犯下疯狂的罪行，并计划逮捕他。

"工程师从不睡觉，"她说，"他为他的那些实验而活。所以他们都说他疯了。"

朱尼尔问起那是些什么实验。

"语言实验，"她回答，"生命故事的底稿，有人给他送去各式各样的文本和档案，供他阅读和研究。"

---

[1]　同第 66 页脚注。

工程师收到很多信件和电话，每个人都想采访他。朱尼尔只能祈祷自己交上好运，他选择相信胡利娅能联系上的那些线人。他们计划在所有外国通讯员和官方报纸排队等待的时候通过秘密网络进入。不过，当下要先找到一个藏身之处，等待合适的日子。她把话说得如此清晰，语调是如此平常，最后他都相信她是在说实话了。他们一起去朵拉餐厅吃饭，随后去了三士官街的一家旅馆。胡利娅看起来既冷漠又老练。朱尼尔还没检查完房间，她就已经褪下衣服将他抱住。女孩身上有一种既遥远又真实的气质，她浑身上下满是伤疤，在床上熟练地移动着，好像一个假装受惊的老手。她一边抽着烟，一边吩咐朱尼尔在旅馆等她，她去带一个线人过来。事态很危险，但他如果想调查下去就必须冒这个险。事实上他也这么做了。他自己上的钩，所以并不后悔。一清早，他被敲门声吵醒，门外的人告诉他是例行检查。是胡利娅，她和警察一起走了进来，她可能已经出卖了他。她像看陌生人一样看着他。他再次看到她在窗边抽烟，仿佛从未离开过这里。来人是缉毒警察，他们指控她贩毒，并仔细搜查了整个房间和朱尼尔的衣服。

"您是英国人。"警察说。

"我父母是英国人。"朱尼尔回答。

"您曾经在《世界报》工作，负责博物馆系列的报道。"

"现在依然如此，我手头就有相关资料。您可以打电话给报社。"

"例行提问，"警察说，"谁赢了战争？"

"我们。"

警察笑了。他们总想掌控现实的准则。

"有意思，谁是'我们'？"

"马岛人。"朱尼尔说道。

警察被朱尼尔的回答逗乐了，他转身面向自己的一个助手，看起来心情不错。随后，警察又低下头，看着朱尼尔。

"您知道这个姑娘是 22 号吗？"

"22 号？"

"站街女。"

"所以她跟我在一起，"朱尼尔说，"一百美元一晚。"

"我不喜欢别人碰我。"警察走近的时候，女孩说道，她总是给人以距离感，"我有我生存的方式，我对其他事情不感兴趣。"

"我不会碰她的。她没政治性问题，问题在于她有幻觉。"

这时候，一位女警官加入进来。这个胖女人长着一张电视剧里反派角色的脸，看起来比纳粹分子更坏，更像机器，更光滑。

"你病了，孩子。"她说，"你得去医院。他们会治好你的。"

"去哪家医院？"女孩问道。

"阿韦亚内达的神经精神病学诊所。"

"浑蛋，"女孩说道，"我要打电话叫律师。"

她这才明白等待她的是什么。她感觉到一阵休克，站在原地，不再说话了。接着她靠在墙上，闭上了双眼。她已经学会要节省力气，接受现实，准备好迎接即将到来的一切。

"她相信工程师，但那只是一个幻觉。工程师几年前就已经死了，根本不存在什么工厂，但她不肯接受现实。她有精神病，"警察说，"从七岁起，她就被关在圣卢西亚医院，她是个无政府主义精神分裂症患者。那个男人并不存在，只有一个她叫作工程师的医生，其他什么都没有，只是一家诊所。她想象自己是个信使，在边缘世界活动，但实际上，她只是一个给警察通风报信的妓女。"

"或许吧，或许吧，或许吧。"胡利娅唱了起来。"他就在那里，"她说，"等你们把我放了，我就去把他找来。"

"您看到了吗？她已经完全适应了外部世界，除了那个固执的想法。那个想法在她的脑海中挥之不去，是她不可或缺的生活平衡剂。但她必须认清现实，而不是整天生活在幻想之中。这就是我们来这里的原因。她认为有一个世界知名的物理学家藏身在这个国家。这个想法本身没有害处，有助于她活下来。但那不过是个虚妄的念头，不应进行大肆宣扬。她生活在幻想的现实中。"警察说，"她现在正处于幻想的外显阶段，是一个逃避自身的瘾君子。她不停地给自己注射各种幻觉，必须有人看着她。"这是现在警察惯用的一套疯狂说辞，掺杂着精神病学与军队里常用的话术。他们试图以此控制机器创造的幻象。朱尼尔想起父亲提到的模拟型妄想症，他认为警察身上也有一种与世隔绝的反常特质：他们似乎认为，只要独自待在自己的办公室，就可以从世界中抽离出来。

"警察，"他说，"是一群彻底远离了幻想的人，我们就是现实，并且每时每刻都在获取真实的忏悔与启示。我们只关心现实。我们服务于真相。"

朱尼尔看了看他，没有说话。

"我会把你放了，"警察说，"但需要先核实一些资料。"

"那这个女孩呢？"

"女孩留下，您走。总要做点交换。"

"我不喜欢交换。"朱尼尔说。

"我没问您喜不喜欢，我只要求您提供资料。"

他们给《世界报》打完电话，便立刻将他放了。他没能见到胡利娅，他们只允许他给她留下一些香烟和一点钱，虽然他很肯定的是，一旦他离开房间，那个警察就会立刻把钱装进自己的腰包。朱尼尔走到街上，公交车正满载着下班的男男女女朝城市的郊区驶去。此刻，他站在巴拉圭街和迈普街的拐角处。原来女孩并没有告发他，而是因为毒品的缘故被抓了起来。警察也没有费力没收女孩给他的文件，甚至没有打开信封。信封里是一种蓝色的档案卡片，上面有一些机打的信息。其中几处提到了工程师里希特，一个德国物理学家。他在蒙特格兰德①一直生活到1967年。然后是几个故事的编号和选段，其中就有那篇《斯蒂芬·斯蒂文森》。那是一切发生的起点。

---

① 蒙特格兰德（Monte Grande），隶属于布宜诺斯艾利斯大区，距离布宜诺斯艾利斯市约二十八千米。

2

整整两天，朱尼尔埋头待在自己的房间里。他再次回顾了整个系列的故事。有一条隐含的信息将那些故事串联起来，一条反反复复出现的信息：一家工厂，一座岛屿，一个德国物理学家。对博物馆及其修建历史的影射。机器仿佛已经构建了自己的记忆。可以观察到它采用的逻辑。系统不再是闭合的，它直接吸纳事实，编织真相。正因如此，它也受到进入程序的其他外力的影响。不仅仅是当下的情境，朱尼尔心想。它只讲述自己知道的事情，从不进行预言。他又回到了《斯蒂芬·斯蒂文森》。一切都已经包含在那个故事里。它是第一篇揭示机器运作方式的文本。必须沿着那个方向继续探索下去。调查重复出现的事物。机器会制造不起眼的重复，虚拟的双重存在，比如威廉·威尔逊和斯蒂芬·斯蒂文森。又回到起点，故事中心的圆环。博物馆也是环形的，好像原野上的环形时间。他再次回到故事本身，回到出发点，回到整个系列的第一句话。"我叫斯蒂芬·斯蒂文

森 ①，我的高祖父、我的曾祖父、我的祖父都是水手。只有我的父亲做了逃兵，所以，他一辈子都和同一个女人生活在一起，最后穷困潦倒地死在都柏林的一家医院里。（斯蒂文森的父亲打破了悠久的家族传统，拒绝加入英国海军，并成为一名爱尔兰民族主义者。而他的母亲是波兰后裔。一个既刻薄又优雅的女人，她人生中的夏天不是在西班牙马拉加，就是在大英博物馆里度过的。）斯蒂文森出生在牛津，所有的语言都是他的母语。或许正因如此，我才相信他告诉我的故事；也正因如此，我才会身处这个偏僻的牧场。但倘若他告诉我的故事不是真的，那么斯蒂芬·斯蒂文森就是个哲学家加巫师，一个奥妙莫测的世界发明家，好像傅立叶，或者马塞多尼奥·费尔南德斯。"

朱尼尔逐渐理出些头绪。一开始，机器就出错了，错误是第一准则。机器"自发"地分解了爱伦·坡故事中的要素，并将它们转化成潜在的虚构核心。由此诞生了最初的情节，或者说，起源神话。所有的故事都起源于那里。当下之事在未来的意义取决于另外一个人的故事及未来要发生的事。真实由可能性（而非存在）定义。

---

① 在乔伊斯的小说《一个青年艺术家的肖像》(1916)和《尤利西斯》(1922)中，有名为斯蒂芬·迪达勒斯（Stephen Dedalus）的人物。评论普遍认为这个人物是乔伊斯自身形象的投射。此外，斯蒂芬也是乔伊斯的孙子的名字。

真实与谎言之间的对立应当让位于可能与不可能之间的对立。手稿原件藏在一只锡皮圆筒中。就算戴上眼镜，他也读得很吃力。我的视力越来越差了，朱尼尔心想，并把脸凑近玻璃匣子。它看起来好像电传打字机的纸带。

"5月4日周三下午3点，那是我第一次抵达这里，乘坐一列要继续开往佩尔加米诺①的火车。我受到潘帕斯学院和马术俱乐部的邀请来牧场驻留三个月，研究科学院的项目。我是个医生（也是个作家），在这个小镇已经生活了几个月。我想结识斯蒂文森博士。他是本世纪最重要的英国博物学家之一，已经加入阿根廷国籍。他的祖先是欧洲探险家和学者，曾来到此地的乡野研究当地居民的生活习俗。我很喜欢他的著作，我读过他那本精彩绝伦的《机械鸟》，还有很多生物学文章，以及那本奇妙的《白色旅行》。已经过去这么久，现在一切都让我觉得有些不真实。但是，或许我应该谈论的并非不真实，而是不准确。真实是准确的，正如测度星辰时间的水晶球的周长。只要稍有变形，一切都会消失。说谎不再是一种关乎伦理的改动，而是蒸汽机的一次故障——我说的是指甲盖大小的蒸汽机。我的意思是（斯蒂文森过去常说），真实是以毫米级的精确性测度世界秩序的显

---

① 佩尔加米诺（Pergamino），位于布宜诺斯艾利斯市西北部约二百二十千米，位于罗萨里奥以南约一百一十千米。

微镜。它是一件光学仪器，好像修表匠们装在左眼上的陶瓷寸镜，帮助他们拆卸调控人工时间节律的复杂仪器中那些微小到几乎不可见的齿轮。斯蒂芬·斯蒂文森一生都致力于建造世界秩序的迷你副本。这就好比他试图在一口干涸的鱼缸里研究生命：鱼儿们在透明的空气中，在存活的最后几个小时里，挣扎着喘息。事实上，（我认为）他已经决定让我成为他的实验的一部分，他想研究我的反应。现在我明白了，他在监视我，自抵达后，我便处于他的观察之中；甚至可能更早，早到我在拉普拉塔登上火车，或者我踏出家门的那一刻。在我住进拉布兰克亚多牧场的老房子之前，他刚刚在那里下榻过。而在我抵达牧场的那天早上，他把房子留给我，带着所有的文件和机器，搬去了科隆旅馆。他没有返回布宜诺斯艾利斯市，而是随便找了个借口（关于他姐妹的事）继续待在小镇上。从我第一次踏进牧场大宅子的那一刻起，斯蒂文森幽灵般的存在便时刻萦绕我左右。我感觉自己仿佛潜入了某个陌生人的灵魂，在夜间四处窥探那个人的秘密。刚开始，我猜想，斯蒂文森不过是因为贵族式的漫不经心，才在整幢宅子里留下自己的痕迹；现在我知道，那并非疏忽所致。这是一张粗略的清单，上面记录了第一天我在宅子里四处走动时所发现的东西。"

博物馆里这个故事的部分所展示的，便是斯蒂文森的种种痕迹。朱尼尔看到了黑色外套，袖肘处缝有皮革补丁，用一只衣架挂在乡村风格的柜子里。他还看到了一个放大镜、一张列车时刻表、一枚花押字戒指和一根火漆蜡棒。书桌上平摊着斯蒂文森留下的一封信的第二页的草稿，用蓝色墨水写在一张横格纸上："我喜欢这个地方，因为它永远地停留在了它所建成的那个时刻。我觉得自己仿佛生活在另一个时代。仿佛正经历着童年的风景，那也是出现在老人梦中的抽象而无名的风景。小镇在战争期间被彻底摧毁了。"不准确性也构成历史的一部分，如果将历史比作建筑，那么历史的空间无法校准到一个固定的时间，因此，它既缺乏固定的形态，又承载着精确的细部。还有一份乡村地图，以及一张内科切阿①火车站的照片。小镇离克肯不远，牧场的边界一直延伸到海边。在尽头的墙上，他看到了牧场的照片，有带顶的门廊，还有水井。沙盘对牧场进行了等比例还原，细节一个都不少：铁丝网和围栏，长条形的老宅和短工住的棚屋，面朝铁轨方向的牛圈。抬起模型的木屋顶，便可以看到房子内部的布局：一条走廊、彼此紧挨着朝向院子的房间、厨房，以及带有马鞍型支架的长桌。另外一面墙上挂着小镇的地图：上面的街道悉数编了号，一直延伸到港口那边；往左可以看到码头和灯塔，往右

---

① 内科切阿（Necochea），位于布宜诺斯艾利斯省东南部的海滨港口城市。

则是通向科隆旅馆的林荫道。地图旁边是斯蒂文森的留声机，外加一台录音机和一台收音机。

朱尼尔想起了他的父亲，另一个遗落在潘帕斯草原上的英国人。他收集无线电设备，建造大功率接收器，为的是能够追踪到英国广播电台的节目。英国发明家，火车工程师，战后流亡的欧洲科学家。朱尼尔又回到里希特的故事，那个应庇隆之邀来到阿根廷的德国物理学家。但他并不是故事唯一可能涉及的人物。本世纪初叶以来，很多欧洲科学家来到阿根廷工作。朱尼尔在《科学家传记辞典》的第三卷中发现了他一直在寻找的德国线索："国立拉普拉塔大学，位于布宜诺斯艾利斯市以南六十千米处，自本世纪初的几十年起接纳了大量欧洲顶级学者。其中包括埃米尔·博泽，《物理学杂志》的前主编；博泽的妻子，玛格丽特·海贝格，曾在哥廷根从事博士后研究；康拉德·西蒙斯，一个与普朗克和理查德·甘斯共事过的物理学家，他是当时地磁学领域的权威。"[①]朱尼尔确信这三个人中有一个曾是斯蒂文森，他确信斯蒂文森就是那个曾与马塞多尼奥共同开发机器程序

---

① 埃米尔·博泽（Emil Bose，小说中写作 Emil Bosse，1874—1911），拉普拉塔大学物理系和物理科学高等研究院的首任主任。1909 年，他与妻子玛格丽特·海贝格（Margrete Heiberg）迁居拉普拉塔市，1911 年他因伤寒去世。此后，海贝格继续留校任教。康拉德·西蒙斯（Konrad Simons）和理查德·甘斯（Richard Gans）相继接替了博泽的职位。普朗克为量子力学的创始人。1892 年量子力学首次被引入阿根廷，但直到 1904 年拉普拉塔大学相关教研机构重组，现代物理学研究才真正在阿根廷建立起来。

的工程师的秘密代号。朱尼尔元到窗边，拉开窗帘。窗外就是城市。空荡荡的街道，点亮的路灯，马路对面地铁站的入口。他可以去找安娜，她会帮忙。她原本是哲学老师，在父亲过世后告别了学术界。而后，她将祖父创立于 1940 年的书店改造为布宜诺斯艾利斯虚构博物馆的档案收藏与复制中心。中心规模很大，那里有故事的完整系列、全部变体，以及各式各样的版本，并出售磁带和故事原本。

有些人怀疑安娜本人和机器有着隐秘的联系。她可能涉嫌分销伪本和错本，并加入了反信息组织，倒卖复制品，即那些在郊区地下车库的实验室里炮制的副本。但他们从未找到过证据，只能对她进行监视，时不时地关掉她的生意。他们想要吓退她，但她坚持斗争，因为她是个既骄傲又叛逆的人，城市里秘密宫廷的皇后。朱尼尔从前就认识她；她是他一直喜欢的那种女性类型，冰雪聪明，性格直率。和安娜见面意味着暴露于监控之中，但朱尼尔本就受到了监控，所以他并不期望得到任何法律保护。最好不要在报纸上预告他会去见她，他希望自己能够尽可能地自由行动。

朱尼尔在七月九日地铁站下了车。地铁通道里随处可见形形色色的摊点和售卖连环画与军事杂志的铁皮报亭。年轻的士兵在情色商店、小型影院、射击馆、贴满半裸金发女郎照片的廉价酒吧，以及彩票站里驻足流连。通道尽头是愈建愈多的铁皮板房和小商铺，地铁站里络绎不绝的客流为它们带来不少生意。年轻人占领了酒吧，他们梳着莫西干头，身穿黑色城市文化衫和李维斯破洞牛仔裤，将折刀藏进皮靴鞘口，扬声器里传出他们鼓噪的重金属音乐。侧面的一条走廊通往连接出口的站厅。从路面上照下来的浑浊强光，在这里形成一个静默的锥体。一边是钟表店，另一边就是安娜·莉迪亚的店铺。朱尼尔敲了几下玻璃门，很快店内就亮起了一盏灯。安娜出来开门，她看起来与往常无异，有一种坦然的宿命感。她身穿天鹅绒长裤和男士马甲，手腕上系着象征抗击癌症的红丝带，发型好像漫画里的"勇敢王子"——安娜看起来很像新纪元运动[①]的信徒，一副自命不凡的面孔，看起来神经分分的。就算朱尼尔几个月不出现，她见到他时也不会流露出丝毫惊讶。天花板很高，且和地铁相连，所以店里有些冷。虽然书籍杂乱无章地堆在一起，但这个地方令朱尼尔很快放松下来。一张巨大的马塞多尼奥·费尔南德斯的照片覆盖了尽头的墙面。水晶珠帘的另一侧是卧室。床头柜上摆着一台电视机，成堆的脏餐盘在床榻附近围成圈，高脚凳上有两瓶黑与白牌

---

① 新纪元运动（New Age），20世纪70年代前后流行于西方的宗教和灵性运动，倡导去中心化。

威士忌。安娜坐到地板上，目不转睛地看着电视。她戴着蓝色隐形眼镜，手臂上有博物馆的文身，毫不显老。朱尼尔很高兴看到安娜继续过着自己的日子，并未装出一副关心他的模样。他希望她不要过问自己做了什么，过得怎么样，或者去了些什么地方。上次见面的时候，他们靠在楼梯处亲吻，但安娜突然让他离开。你堕落了，朱尼尔。她说他在报社只写些垃圾文章，变成了一个犬儒主义者。她再也不想见到他。朱尼尔笑了。你以为我是谁？泰坦尼克号吗？我们所有人都在堕落[①]，宝贝。他想起美琪酒店的那个女人。和她一样，安娜也从未离开过自己的小窝。她继续吃那盘意大利饺子，两眼盯着电视里播放的墨西哥频道。

"我读了你的报道，"她说，"你太盲目了。"

"怎么讲？那是个诱饵。"朱尼尔说，"我什么都发。他们想在报纸上制造点噪声，看看他们是否会有反应。"

"他们不会的，"她说，"他们想要切断她的回路，并且准备关闭博物馆。"她把头从盘子上抬起来，用蓝色的眼睛看着他。"你知道他们打算做什么吗？"

朱尼尔拿手指滑过喉咙。

"是的，"她回答道，"他们想将她归档，把她送去卢

---

① 此处为双关，（泰坦尼克号的）"沉没"与（人的）"堕落"为同一个动词的不同义项。

汉 ① 的博物馆，怎样都可以，只要人们忘记她。"

"人确实健忘。"

"别被他们骗了。我看到几个 50 年代的故事的影印件，是些关于战争的不同版本的叙述，科幻故事。太真实了。"

"很多都是伪造的。"

"你以为你写的就是真实的吗？"安娜说。

她喝着牙杯里的威士忌。此时是下午 3 点。

"最近，我接到了几通很奇怪的电话，"朱尼尔说，"那天，我在美琪酒店见到了一个女人。你知道藤田吧。他在博物馆工作，担任类似安保主管的职位。我去找过他。他给了我材料。"

"啊哈，"安娜回道，"你准备登到报纸上？"

"我不知道，"朱尼尔说，"有人在阿韦亚内达的一家作坊里售卖伪造的副本。就是米特雷大街上的一间车库，他们主修电视机，但也参与政治活动。"

"我知道。"她说。

"庇隆主义者。准确来说，是前庇隆主义者，参加过抵抗运动。我正在调查跟工程师有关的线索。"

"你是玻利瓦尔人，对吗？"安娜突然问道。

---

① 卢汉（Luján），位于布宜诺斯艾利斯省东北部的城市，以纪念阿根廷主保圣人卢汉圣母的新哥特式大教堂而闻名。

"不是，"朱尼尔说，"我在那附近住过一段时间，小时候，住在德尔巴列，那里有一家修道院。"

"啊哈，"安娜说，"现在很多人都在往乡下逃。不再逃到南方、山谷去，而是潘帕斯草原。他们搭个棚屋睡觉，种点东西饱肚，用无线电彼此联系。从一个地方搬到另一个地方。带着短波接收机，驾驶着哐啷作响的旧车到处跑。如果一个家伙躲在光秃秃的原野上，就很难被人找到。那些老流浪汉以前都这么干。无政府主义者、哲学家、神秘主义者，当情形变坏的时候，他们就会再次上路，继续游荡。"她又补充了一句，"马塞多尼奥也曾在那一带逗留。他带着一小本笔记本，随手写点东西。"

她停下来，朝窗边走去。书店的内部陷落在阴影里，书架立在明暗交接处，显得格外突出，好像生了锈的古迹。

"他们想解除她的连接，"安娜说 "还说会把那些日本人请来。"

"日本技术员，我们唯一缺的就是他们。"朱尼尔说道。他想象着他们进入博物馆，切断通信线路，隔绝那间白色展厅。他们已经公布了几张用光电管拍摄的照片。尽管所有的组织都完好无损，但仍然有一些东西正在死去。

"她已经开始谈论自己了，这正是他们想停掉她的原因。我们面对的不是一台机器，而是一个更复杂的有机体，一个纯粹能量体系。在最后的几篇故事中，有一篇提到了一座位于世界尽头的岛屿，一个关于未来生命的语言乌托邦。一个幸存者构建了一个人造女性。那是个神话，"安娜说道，"一则人们口口相传的奇幻故事。一个从船难中幸存下来的男人，利用河水冲刷到岸边的残骸，创造了一个女人。他死后，女人便留在岛上，在岸边等待，经受着疯狂与孤独，好像一个新生的鲁滨孙。"

在无声的电视机屏幕上，出现了一条玻璃墙面的高楼林立的街道的全景，城市的样貌类似于东京，或者圣保罗。朱尼尔看到了写着西班牙语的广告牌，还有街角的一间报亭。他认出这是墨西哥城。看起来像一部关于西海岸地震的纪录片。

"你知道埃莱娜去世的时候，马塞多尼奥做了什么吗？"安娜顿了顿，问道。

"消失。"朱尼尔回答。

"对，他消失了。"她说。要是他没有先给出答案，她也不会告诉他。

"我已经与这段故事纠缠了两个月，我来是想请你帮忙。"朱尼尔说。

"她生病的时候，马塞多尼奥决定要救她。有那么几天，没有人知道他去了哪里。他似乎去了一个位于玻利瓦尔的牧场。有个工程师生活在那附近，一个名叫鲁索的家伙。你应该查查这条线索。"安娜对他说，"一个曾与莫霍利-纳吉[①]共事的匈牙利工程师，他拥有欧洲最大的自动机械收藏。他来这里，一方面是为了逃离纳粹；另一方面，也是为了寻找一只机械鸟。庇隆政府下台后，他受到追捕。可以从这段历史查起。你看。"说完，安娜打开了投影仪。

朱尼尔看到了一张肖像，照片里的人模样直率，戴着一副圆眼镜，正在实验室里工作。

"就是他，"安娜说，"故事要追溯到 1956 年，布宜诺斯艾利斯省的一个小镇上。"

据说，某天下午，人们看见他驾驶马车来到镇上，很快大家都叫他俄罗斯人，但他似乎是匈牙利人，或者捷克斯洛伐克人，而他本人则曾在醉酒时发誓说，自己出生在蒙特维的亚。为了省事省力，乡民们把所有说话奇怪的人都叫作俄罗斯人[②]。他是俄罗斯人，他的儿子出生后，他们就叫他鲁索。但那是后来的故事了。回到最初，人们看着这个外乡人驾驶马车，穿过铁轨来到镇上。彼时

①　即拉兹洛·莫霍利-纳吉（László Moholy-Nagy，18-5—1946），匈牙利先锋派画家、摄影师，曾任教于包豪斯学院，他的艺术创作深受工业生产与技术革新影响。在纳粹上台后，他离开柏林，先后在荷兰、英国和美国工作和生活。
②　"鲁索"写作"Russo"，"俄罗斯人"写作"ruso"，两者发音近似。

正值 7 月，天气已渐渐结霜，但他却只穿着一件衬衫四处走动，仿佛还生活在春天里。在当地，无论冬夏，巴斯克人乌桑迪瓦拉斯总赤着脚去挤牛奶，但这还是比不上鲁索——他从不穿冬衣，仿佛是为极地的严寒而生，布宜诺斯艾利斯省的霜冻对他没有丝毫影响。他总是浑身发烫，大家都很同情他，因为一个与气候不同步的男人似乎只能被当作疯子。他带来一封信给镇长，但很久之后我们才知道，那封信和马车都是他从一个死人那里偷来的。时任镇长名叫安赫尔·奥瓦里奥，是解放革命①期间上任的：他将玻利瓦尔镇上的半数庞隆主义者投了监狱，但不到一周，又将他们放了出来，因为没人照看牲畜。那是 1956 年的冬天，不会再有比那更差的时日了。空气中白茫茫一片，街上的水坑被冻成了玻璃。就是在这样的日子里，鲁索的马车出现在镇上。"老马！驾！蠢货！"他吼道，但用的是自己的母语，两手各擎一根马缰，像个美国牛仔。他们给他在联邦靶场安排了一份工作，他就住在靶场后面的小屋里，靠近煮糨糊的木槽（糨糊是拿来糊靶子用的）；他负责收割牧草，周末给靶场开门，接待一些来射上三两枪的笨蛋。平日里，靶场几乎无人光顾，除了一些士兵，他们偶尔从阿苏尔过来；还有里

---

① 1955 年，阿根廷爆发军事政变，庞隆政府被推翻。政变的发动者自称此次事件为"解放革命"。

奥斯医生，他曾是赫尔辛基奥运会的射击冠军，每周二和周四来这里训练。鲁索会等他，单独为他打开射击馆的小窗，看着他准备枪械，然后抬起左臂，一举击中靶心。

两人成了朋友，如果那也称得上友谊的话。里奥斯给鲁索介绍镇上的情况，向他传授在这里生活的经验。"练习射击靶心。"里奥斯笑着说道。他并不知道，鲁索已经杀过一个男人，那人的脑袋在铁轨上被砸得血肉模糊。后来，他被送进了疯人院，因为他无法解释自己的行为。他宣称自己因为天气炎热而杀人，因为当时正是午睡时分，太阳照在铁轨上的刺眼光芒让他头脑一片混乱。他在梅尔乔·罗梅罗[①]待了五年，时不时地逃跑，躲进贡内特[②]一带的山地，但他迟早又会回到疯人院，不仅瘦得没了人形，还因生吃禽鸟而坏了胃口。最后一次逃跑，他跟随作物收割时节变换，一路在不同的农场里做工，最终抵达了布宜诺斯艾利斯省的这片地区。他是一个双手非常灵巧的男人，总是在发明些小玩意儿，或者拆卸钟表。里奥斯是第一个意识到鲁索并非等闲之辈的人。他想解开这个谜团，于是去了镇公办公室，要求查

---

① 梅尔乔·罗梅罗（Melchor Romero），隶属于拉普拉塔大区，19世纪末因铁路的兴修和医院的设立而建镇。
② 贡内特，全称为曼努埃尔·贝尔纳多·贡内特（Manuel Bernardo Gonnet），位于布宜诺斯艾利斯省，与梅尔乔·罗梅罗镇同属拉普拉塔大区，位于铁路沿线。

看鲁索带来的信件。那是一张魏地拉·巴拉格尔 ① 手写的短笺，确证持信人在 9 月的光荣征战中为解放事业立下了赫赫功勋。他一定是加入过平民突击队，正因如此，奥瓦里奥才委派他去了联邦靶场。他认为鲁索参与过军事行动，必定熟悉枪械。他问了鲁索几个问题，所有资料都对得上。

　　没有人告诉他，鲁索其实并非来自俄罗斯，而是匈牙利；也没有人告诉他，鲁索是个工程师，曾跟随莫霍利-纳吉学习，因为纳粹而背井离乡；他还杀过人，信笺和马车都是他从死人那里偷来的。里奥斯查错了对象；全部资料均信而有证，但人却不是眼前之人。后来，当里奥斯看到鲁索引发的骚乱时，他笑了。如果你不能百分之百确信自己能命中靶心，那你装进枪膛的子弹也就无法射中眼睛所瞄准的目标，成为射击冠军。有时，射击冠军也会脱靶。但当脱靶的情况发生时，他就会想，自己这么做是故意的。假如事实揭穿了他，且为时已晚，他就会换个"射击"角度，将精力集中到博物馆和卡罗拉·卢戈身上。

　　"这个镇子是个小地方，"里奥斯说道，"你总能看到同样一些人走在同样的地方，但最难弄清楚的，恰恰是

① 魏地拉·巴拉格尔（Videla Balaguer），阿根廷军官，参与了 1955 年推翻庇隆政府的军事政变。

每个人都知道的事情。秘密就在光天化日之下，也正因如此，我们才看不见它。这就好比打靶，你必须拥有超越常人的视力。"

在镇上的博物馆里，有一只机械鸟。1870 年，它随铁路来到这里，充当起暴风雨预报仪。它常在空中盘旋，画出越来越大的圆圈，然后再直接冲有雨水的地方飞去。直到今天，每当雨水将至时，被锁在玻璃柜里的它，还是会扇动翅膀，轻轻地上下跳动起来。有人专程从德国赶来参观这只机械鸟，并断言它产自德国（它只可能是只德国鸟）。黑森林①地区历来有制造自动机械的传统，里奥斯说道。那些人想买下这只鸟，但它属于本省的历史遗产，不对外出售。从前，机械鸟被保存在一幢大宅子里，那是玻利瓦尔火车站站长、英国人麦金莱的宅邸。抵达镇上后不到一周，麦金莱就被妻子抛弃了，从此便孤身一人。那位妻子看到阿根廷的乡野、光秃秃的杂草，还有长着日本人面孔的高乔人之后，大失所望，随即便返回洛玛斯·德萨莫拉了。尽管这听起来颇有些奇怪，但正是麦金莱本人对当地的历史产生了兴趣，开始收集各式各样的古物。他加入了伦敦皇家地理学会，并成为大英博物馆的荣誉会员，会不时给他们寄发报告。他花

---

① 黑森林（Black Forest），德国最大的森林山脉，立于德国西南部的巴登-符腾堡州。

两百比索从保尔兽医院的推销员手里买下了那只鸟，后者原本把它当作装饰品，和猎狐梗幼崽、巴塔哥尼亚锥尾鹦鹉①一起养在笼子里。机械鸟的发明者是一位法国工程师；在阿根廷南方铁路兴建时期，它被用于对平原地区进行测绘。只要把鸟儿放归空中，它就会扑扇着翅膀飞向远方，直到消失在地平线上。等它返回的时候，只要打开它胸前的合页，取出其中的测度表，便算完成了任务。英国人真是疯子一个，竟打算在这个偏僻的小镇上建一座博物馆，镇上的居民对此漠不关心。没有人对过去发生在这里的事情感兴趣，大家都活在当下。如果一切总是维持原貌，又何必费力去保存不曾改变的事物。但麦金莱已经在自己的遗嘱里将此事安排妥当，于是镇政府接管了他的宅邸，在门口插上旗子；有几年的6月13日，即博物馆的建成日，政府还会组织小学生前去参观，在街上举办纪念仪式。卢戈一家被任命为房舍的代持人和保管员，卡罗拉在那里长大，自小就和仿造的原住民帐篷，以及死马标本的鬃毛打交道。偶尔，有外国游客前来参观（这种事情每隔两到三年发生一次），他们便会拿出机械鸟，将它放回空中，让它朝着雨水的方向飞去。一天下午，里奥斯带鲁索去参观博物馆。鲁

---

① 猎狐梗是英国梗犬早期品种的后代；巴塔哥尼亚锥尾鹦鹉，又称掘穴鹦哥，是原生于阿根廷和智利等地的鸟类。

索被那只鸟迷得发疯。卡罗拉·卢戈给他们开的门。她满头金发，身材娇小，长着兔唇。卡罗拉带他们参观建筑和展厅，每间展厅对应不同的年代，展品包括骨骼标本和绘画。"教授是个摄影师，但也会画画，他在本地进行了数次探险。在我们现在看到的这片区域，离克肯不远的地方，他发现了一个围栏和房屋拉梁由鲸骨做成的牧场。一定是牧场里的人在海滩上发现了死鲸，他们觉得用鲸骨来做装饰是件挺有排场的事情。我们可以想象：一个乡野之人，一辈子都没见过鲸鱼，骑马跑到了海边，发现一头庞然大物搁浅在沙滩上，心想那定是一条来自地狱的大鱼。"那天下午又阴又冷。"这里我们看到的是一个典型的原住民营地；原住民使用这些皮毛，因为只有这样，他们才能忘记来自南方的风。"终于，三个人穿过一条挂着南方铁路修建时期照片和绘画的走廊，来到了位于博物馆中心的展厅，厅内的一个玻璃柜里摆放着那只机械鸟。它看起来好像秃鹫，目光凶猛，翅膀扇动着，仿佛还有气息。机械鸟被拴在一条锁链上，卡罗拉打开玻璃匣子，将它取出来递给了鲁索。他用两只手擎住鸟儿，这才惊诧地发现它竟几乎没有重量。轻盈如空气，他说道。卡罗拉听后报以微笑。他们离开了展厅，走到绿树掩映的后院中。从那里看出去，目光所及之处均是原野，天空邈远无边。鲁索将鸟儿举到空中，然后轻柔地放开它。它先是在低处盘旋，用力挥动着双翼，倏忽间又冲着暴风雨的方向飞去，愈行愈远。鸟儿很快又飞了回来，它徐徐进入庭院，落在卡罗拉的肩头。鲁索打开它的胸膛，开始解释机械鸟运转的时钟机制。从那天起，鲁索养成了在靶场的工作结束后去博物馆逛逛的习惯。他在各种帐篷之间穿行，最后总会来到机械鸟所在的展厅。卡罗拉安静地陪伴着他，不发出一丝声响。某天晚上，鲁索没有离开，从此以后，卡罗拉便和他生活在一起。他布置了一间工作室，开始尝试制作机械鸟的复制品。一天早上，卡罗拉坐在门口，看见有人开着别克车来到了博物馆。对方来找鲁索，从疯人院逃出来的鲁索。他没有反抗，任凭这个身穿棕色西装的男人将自己带走。机械鸟的复制品只做到一半，如今被展示在一个更小的玻璃柜中；它的胸膛尚敞开着，钟表的齿轮和传动系统仿佛构成一幅描绘灵魂的小画。鸟儿有时会张开喙，好像喘不过气来，有时则会把脑袋转向窗外。那尚未找到自己形态的，里奥斯说道，蒙受着真实之缺席。

3

朱尼尔整夜都在赶路，甫一抵达目的地，便认出了那座他仿佛在梦中见过的房舍。白色的立面，高大的入口，还有一连串数不尽的透明窗户。他叩响了门框上一只熊掌样式的门环。镇子里空旷令清，路上他只见到过一个拉起刺绣窗帘向外张望的女孩。给他开门的老妇人正是卡罗拉·卢戈。她看起来很虚弱，双目无神，像是失明了。老人立在门边，门扇没有完全打开。透过敞开的缝隙，朱尼尔瞥见了那条通往宅院深处的长廊。"我在等您，"她说，"安娜告诉我您要过来。"进门的那一刻，朱尼尔心想，也许自己将永远无法离开这个地方了，他将迷失在老妇人的故事里。他们穿过长廊，来到第一个房间。吊高的天花板与狭小的窗子让房间显得格外幽僻。卡罗拉环顾四周，示意朱尼尔入座。朱尼尔顺势坐到了一张低矮的躺椅沙发上；她则背对窗户而坐，面朝一架老式摆钟。

"鲁索以前就住在这里，"她说，"但他已经不叫这

个名字了，他如今是另外一个人，用的是欧洲名字；在
这个国家，你得学会保护自己，因为你会因为自己的过
去而受到迫害。现在我带您在房子里走走吧，"她随后说
道，"您马上就可以看到它了。"

　　朝窗外望过去，映入眼帘的是一片用铁丝网围起来
的荒地。朱尼尔这才意识到，这里的建筑很古怪，仿佛
所有房间都朝向同一点，或者说，它们是环形的。这天
下午又冷又阴。在房间另一侧的玻璃笼子里，有一件张
牙舞爪、看起来像是原本打算做成鸟类模型的装置。它
高约一米，正缓慢地转动着脖颈。"这只鸟的疯狂会将我
们置于被窥伺的境地，迟早会毁了我们。"卡罗拉说。它
会四处动，会扑腾乱跳，还会撞得笼子里的横木砰砰作
响。"不过，它的眼睛是瞎的。"她补充道。一旁的玩具
娃娃正挥舞着手臂，试图微笑。印象中，朱尼尔曾见过
这只玩偶，它散发出一种强烈的不祥气息，都不像是人
造的。"鲁索是全欧洲最伟大的自动化专家。您看，"她
边说边打开一间壁橱，里头的东西看起来像是金属丝做
的昆虫，"他为我做的，这些都是爱的结晶。我在火车站
等了一个又一个钟头，盼望着看到他经过，"说着她笑了
笑，"我啊，一个七十岁的女人了。"

　　她的讲述令人动容，因为她好像在爱着一个影子，
一个只在她生命中停驻过一瞬便把她留在回忆旦的男人。
在一扇窗户旁边，放着一架望远镜。俯身便可以看到一

望无际的原野，还有远处卡尔韦胡湖面的波光。

　　"女儿去布宜诺斯艾利斯了，"卡罗拉说，"从那时起，我便一个人生活在这个家里，我的兄弟偶尔会来看我，但他被过去的事搅得心神不宁。"她态度和蔼，语气平静，像是把朱尼尔当作知交好友，第一个终于来到这里听她讲述真相的人。"他们把我禁闭在这里，因为我知道鲁索的过去。他与我结婚，现在我尝到了苦果。他们来找过他，他逃走了。他们没来申地找他。但他没死，"卡罗拉说，"只是藏在蒂格雷的一座岛上。现在他有了新名字。他已经不叫鲁索了，或者　他之前给自己取了别的名字，但现在又叫回鲁索了。事实上，那天下午开着别克车来找他的是一个假扮警察的特工。一个穿着棕色衣服的警察。我们都有记录，往事历历在目。您看这张地图，沿着这条小溪走，就能找到那座岛。别告诉他您来见过我。您应该去找他。马塞多尼奥·费尔南德斯一直对机器人的历史很感兴趣。他们两人就是因此相识的，那时他的妻子刚去世。"

　　朱尼尔再次仔细端详起玻璃柜中的那只鸟，想象着它僵硬地扑扇着翅膀飞到远方。卡罗拉就这样生活在一片复制品当中，一个充满疯狂和机械图像的世界。"我在这个房间的底下，几百英尺深的地方，发现了两处巨大的地下洞穴，那是19世纪居住在本地的潘帕斯部落的古老墓地。类似的家园在本省，特别是在玻利瓦尔，并不算稀奇。这里发生过数次大屠杀。镇上的一些老人对此仍有记忆。"房间一侧有条通往地下室的楼梯，那个地方有一处光点，是万花筒里映出的一个洞口。从那里可以再次看到原野，房子里所有的人和物，以及卡尔韦湖。"你看这道阳光，"卡罗拉说，"那是机器的眼睛。快看，"她对他说，他在光圈中看到了博物馆，又在博物馆里看到了黑色展台上的机器，"您知道这是怎么回事吗？"

"知道，"朱尼尔说，"那些是复制品。"

"对，是复制品，"她说，"但已经被毁掉了。"那只鸟晃动着翅膀，喙部摩擦发出枯叶般的咔嚓声。

"所以没有什么是真实的。"朱尼尔说。

她笑了。"马塞多尼奥来到这幢房子，想逃离丧妻之痛。埃莱娜死了，马塞多尼奥放弃了一切，然后他遇到了鲁索，在这里待了一段时间。鲁索不通语言，他的梦想是回到欧洲。马塞多尼奥是唯一一个理解他且和他聊天的人。他们在这幢房子里待了不少时日，因为马塞多尼奥希望自己能面对现实。他们穿过走廊，走进一间开满小窗的房间，磨砂玻璃让人看不清外头的景物。马塞多尼奥思忖着，如果他在夜里走进原野，透过亮着灯的窗户向内窥探，他将看到帮助他重新找回妻子的景象。鲁索想为他建造一个幻想的世界，带他逐渐回到过去。新建造的现实如同一幢新房子，马塞多尼奥可以生活在那里。绝望让他放弃了一切，甚至包括他尚年幼的爱子，来到了乡下。他和一群流浪汉坐上了开往南方的货运列车，四处游荡。他在五月二十五日城①中卡里尔家的牧场住过一段时间，最后来到玻利瓦尔，他是开着一辆租来的小汽车来到这个家的。他们在这里完成了机器的组装。"说完，她朝院子里棚屋的方向摆了摆手。

"一开始，就只是关于机器。机器战胜了时间，战胜了最糟糕的瘟疫，战胜了磨平石头的流水。后来，他们发现了白色节点、刻录词语的活体材料。语言没有在骨骼中消亡，它挺过了万千变化。我会告诉您白色节点打开的地方，那是一座小岛，坐落在一条河的支流上，那里住着英国人、爱尔兰人、俄罗斯人，以及来自四面八方的人。他们被当局追捕，受到死亡威胁，成了政治流亡人士。他们在那里藏身，年复一年；在岛屿的边缘，他们建起了城市和道路，跟随河水的流向开拓土地。如今，岛上混杂着各式各样的语言，可以听到形形色色的声音；无人抵达，抵达之人亦不愿归来。因为岛上生活的都是死去的人，他们唯有在那里才能得到庇佑。只有

---

① 五月二十五日城（25 de Mayo），位于布宜诺斯艾利斯省中部，名字来源于反抗西班牙殖民统治、争取阿根廷独立的"五月革命"。1810 年 5 月 25 日，革命军在布宜诺斯艾利斯成立了阿根廷第一个执政委员会。标志着阿根廷独立进程的正式发端。

一个人活着回来过，那人名叫波阿斯，他讲述过自己在那座失落王国中的见闻。拿着，"她对他说，"您听一下就会明白。或许这个故事正是帮您找到鲁索的那条路。"

岛

1

我们怀念一种比我们的语言更加原始的语言。祖辈们曾提到，有那样一个时代，词语在平静的原野上安然生长。沿着原野上的小径闲荡几个小时也不会失去方向，因为那时语言还没有分裂，还没有铺展而后分岔，变成这条汇聚世界上所有河渠但无人能够栖居的河流，因为无人拥有故乡。失眠是这个国家的大瘟症。声音的回荡持续不断，日夜变换，交替作响。就像借助死人的魂灵前进的涡轮机，老贝伦森如是说。没有哀悯，只有无尽的变形与失落的意义。词语的心房里微小的转弯。回忆里空无一物，因为刻录着回忆的语言总会被人遗忘。

2

当我们谈论语言的不确定性时，并不是指我们意识到了变化的存在。必须从这种意识中抽离出来，才能感知到变化本身。如果身处这种意识内部，就会认为语言总是一成不变，只是一种经历周期性变形的活体组织。我们可以借助最为人熟知的变色白鸟的形象来理解这个问题。虽然鸟儿飞翔时会不停变换颜色，但它在透明空气中有节律地扇动翅膀的景象，会给人一种鸟儿全身都是白色的错觉。据说白鸟总是兜着圈子飞，从不停下，因为它被挖去了左眼，总想看看世界的另外一半。因此，它永远不会降落，老贝伦森如是说，他一面大笑，一面再次拿起啤酒杯抵住他的小胡髭 因为它找不到落下右脚的哪怕一小块土地。凤头距翅麦鸡大概也是独眼，他接着说，所以它才会迷失在空中 来到这狗屎一般的岛上。山姆，你别挑事，坦尼森大声喊道，生怕山姆听不见他说话；此时酒吧里一片嘈杂。有人在弹钢琴，有人在唱《冲马克王叫三声夸克！》①。我们还是得去帕特·邓肯的守灵夜，我可不想用手推车推着你去。对话的意义

---

① 山姆（Shem），《芬尼根的守灵夜》中的人物，主人公壹耳微蚵（具体介绍见第136页）的双胞胎儿子之一。葬礼则指涉第一章中芬尼根（壹耳微蚵的一个化身）的守灵夜，讲述了他从楼梯上的坠落、他的死亡与重生，这同时象征着人类的堕落与复活。"冲马克王叫三声夸克"出自书中第二部第四章，醉倒在地板上的壹耳微蚵将自己比作特里斯坦与伊索尔德的传说中的国王马克。本书中涉及《芬尼根的守灵夜》的译名与内容主要参考戴从容译本（上海人民出版社，2012）。

在于：他们每次准备离开，都会心照不宣地重复这则笑话，但并不总是使用同一种语言。他们互相搀扶着，身板笔挺地穿过大堂准备离开。同样的场景不断复现，他们依然故我地谈论独眼鸟和帕特的葬礼，有时用俄语，有时用18世纪的法语。他们随心所欲地聊天，重复着同样的内容，但他们做梦也不会想到，这么多年来，他们竟然用了将近七种语言从同一则笑话中找乐子。

　　岛上的事情就是这样。

3

　　"语言会根据大多数已知语言重现的不连续周期发生变化（腾布尔 [①] 记载）。岛上的居民可即时掌握并理解新的语言，但同时也会忘记先前的语言。目前已经识别出的语言包括英语、德语、丹麦语、西班牙语、挪威语、意大利语、法语、希腊语、梵语、盖尔语、拉丁语、撒克逊语、俄语、弗拉芒语、波兰语、斯洛文尼亚语和匈牙利语。还有两种未知语言。两者可以相互转换，但它们不能被理解为不同的语言，而是同一种语言中连续的阶段。"语言转换的节奏不定，有时一种语言持续存在

[①]　腾布尔（Turnbull），《芬尼根的守灵夜》第一部第七章出现过一个"图洛克-腾布尔女孩"。据戴从容译本，"Turnbull"为"北方英格兰人、苏格兰人姓氏，含义是力大能够顶回公牛者"。

数周，有时仅一天。记得有一次，其中一种语言持续了
整整两年，而后两种语言在十二天内发生了十五次转换。
所有曲子的歌词我们都给忘光啦，贝伦森说，虽然调子
没忘，但还是没法唱出一首完整的歌。酒馆里的人用口
哨齐声吹出旋律，好像苏格兰卫兵，所有人都醉醺醺地
快活着，一边用啤酒杯打拍子，一边在记忆里搜寻能合
上音乐的歌词。旋律一直飘着，那是一股自时间诞生起
便穿越岛屿的气流。然而，假如在一个周六晚上，在汉
弗利·钱普顿·壹耳微蚵[①]的酒馆里，我们不能歌唱，音
乐对我们来说又有何用，那时大家都醉了，已经将周一
还要回去工作这事抛在了脑后。

4

　　岛上的人相信，老人故去后会转世投胎为自己的孙
辈，因而两个人不可能活着相遇。不过，老人遇到自己
孙儿的情况也时有发生。这时，老人在开口说话之前，

---

① 壹耳微蚵，《芬尼根的守灵夜》中的主人公，都柏林酒吧的老板。前文提到的
安娜·利维娅·普鲁拉贝尔是他的妻子。壹耳微蚵的全名为汉弗利·钱普顿·壹
耳微蚵（Humphrey Chimpden Earwicker），本书中皮格利亚将其写作"Humphry
Chimden Earwicker"。据戴从容译本，《守灵夜》……真正的主人公应该说是
HCE，壹耳微蚵只是 HCE 的一个变体。HCE 是众多词组的缩写……乔伊斯把《守
灵夜》的主人公说成是'此即人人'（Here Comes Everybody）……显示出……《守
灵夜》是对整个人类历史和人类社会的高度浓缩与概括"。由此，皮格利亚对壹耳
微蚵名字的改写，在某种程度上也创造了一个 HCE 变体，或者说在命名中纳入了
一种误差，一种不精确。

就应当先给孙儿一枚硬币。历史语言学即建立在类似的转世理论的基础上。语言之所以会呈现出当下的面貌，是因为历经不同的代际，它积累了残余在历史中的痕迹，重新激活了所有消亡与失落语言的记忆。因此，继承了这些遗产的人已经无法忘记词语在其祖辈生活的年代所拥有的含义。虽然说起来简单，但现实提出的和种难题依然没有得到解决。

5

语言的不稳定性定义了岛上的生活。人们永远无法预知，未来哪些词语将被用来指称当下的状态。有时，人们会收到用不明符号写就的信件。有时一个男人和一个女人在一种语言中是热恋的爱侣，在另一种语言中却变成了几乎不相往来的仇家。伟大的诗人不再伟大，变成了无名小卒，他们在有生之年会看到其他经典作品的出现（新的经典同样会被遗忘）。所有伟大作品存续的时间都与其书写语言的寿命相等。唯有沉默是永恒的，清澈如水，永远保持自身的模样。

6

白日的生命始于黎明，倘若直到天空泛起一层鱼肚白，月亮还挂在空中，那么朝霞出来前就能听到山坡上传来年轻人的尖叫。他们在幽灵寄居的夜里不得安生，便成群结队地相互呼喊，试图预测日头高挂的时候会发生什么。传说中，语言会在满月之夜发生突变，但这已经是被现实证伪的信仰。科学语言学不承认任何自然现象之间的关联，譬如潮汐或风与语言突变的联系。尽管如此，岛上的居民们还是依照旧时仪礼，每到满月之时便彻夜守望，等待其母语的最终回归。

7

岛上的人们无法想象岛外的世界。所谓"岛外人"的范畴也是不稳定的。他们依据当下使用的语言思考故乡的含义（"国家是一个语言学概念"）。个体从属于其出生时人人都在说的那种语言，但没有人知道那种语言何时才能回归。"于是世界上就出现了（有人告诉过波阿斯）这样的事物——它曾在我们每个人的童年显形，但至今无人去过那里：故乡。"人们以利菲河[①]为坐标系划定空间，它自北向南流经全岛。但利菲也是指称语言的名词，利菲河里汇聚了世界上所有的河流。边界的概念

---

① 利菲河（River Liffey），流经都柏林市中心的河流。在《芬尼根的守灵夜》中，利菲河同样划定了都柏林市的空间，并汇聚了世界上所有的河流。此外，"Liffey"中隐含着"life"（生命）一词；同时，以名字的相似性为基础，利菲河与安娜·利维娅·普鲁拉贝尔相互指涉，流动的河水象征着生命的永恒。

是暂时的，其范围的变动正如一个动词在不同时态下的变位。

8

我们现在身处爱丁贝瑞·都柏灵特区[①]，向导介绍说，它是集三座城市于一体的首府。今日的城市由东向西展开，沿着利菲河左岸穿越日本人社区和安的列斯群岛人聚居区，从利菲河发源的威可洛山到岛桥，自恰佩利佐德略往下游处继续延伸。[②]明日的城市也在慢慢打开，它仿佛建立在可能性之上，永远属于未来，拥有铁铸的街道、太阳能灯，以及伦敦警察厅里休眠的仿生人。众多透明的楼宇从雾霭中浮现，形态不定，变化万千，楼里住着的几乎都是女人和突变体。

在河的另一岸，往西边去，经过港口往上游走，便来到了昨日的城市。看地图的时候必须考虑到，比例尺是按照每小时行进 1.5 千米的平均速度设定的。一个男人

---

① 此处原文为 "Edemberry Dubblenn DC"，皮格利亚自造的名词，杂糅了爱丁堡、都柏林等城市名字的写法。
② 威克洛山脉（Wicklow Moutains），小说中将 "Wicklow" 写作 "Wiclow"；岛桥（Island Bridge），是一座位于都柏林、横跨利菲河的路桥，兴建于1820年前后；恰佩利佐德（Chapelizod），存于都柏林市中心的古老村落，坐落于利菲河沿岸的一处茂林谷中。

早上 8 点从埃克尔斯街 7 号[①] 出发，沿韦斯特兰街北行，鹅卵石路两旁的水渠一直延伸到河边，洗衣女的歌声便是从那里传来的。走在通往巴埃乞·基尔南姆酒馆[②]的陡峭小径上，他试图不去理会那歌声，用拐杖敲打着经过的每一个地下室的铁栅窗。每次走上一条新的街道，歌声就变得衰老一些。古老的词语仿佛铭刻在废弃建筑的外墙上。突变已经占领了现实的外部形式。那尚未形成的事物定义了世界的结构，男人心想，他朝着环绕海湾的沙滩走去。"你看它就在那里，在语言的边界上，仿佛回忆里的童年小屋。"

9

语言学是岛上最发达的科学。一代又一代的研究者前赴后继地投身于一项词典核定工程，致力于收集已知词汇的未来变体。他们必须确立一套双语词汇表，以便对两种语言进行比较。设想（波阿斯的报告提到）一个初抵外邦的英国旅行者，身处火车站大厅，迷失在陌生的人群中，他停下来翻阅一本口复词典，寻找一种正确

---

① 埃克尔斯街 7 号（Eccles Street 7），位于都柏林，是乔伊斯另一部小说《尤利西斯》中主人公利奥波德·布卢姆的家。布卢姆在 6 月 16 日早上走出家门，在都柏林市街头展开了一日漫游。
② 巴尼·基尔南酒馆（Barney Kiernan），《尤利西斯》中的地点，此处皮格利亚改写为"Baerney Kiernam"。

的表达。但翻译是不可能的，因为词语的意义取决于使用的方式，在岛上，人们每次只能认识一种语言。如今，那些还在试图完成这本词典的人将它视为一本占卜手册。一本构思中的新《易经》，波阿斯解释道，就像一本记录语言未来历史的词源字典。

在这座岛屿的历史上，只发生过一次例外：一个能够同时掌握两种语言的男人。此人名叫鲍勃·马利根[①]，他宣称自己梦见晦涩难懂的词语，但对他来说，它们另有一套清晰透明的含义。他像一个神秘主义者那样说话，书写未知的语句，并宣称那些都是未来的词汇。学院的档案室收藏了马利根写下的几个文本片段，以及他讲故事的录音。他的嗓音尖而发癫，故事是这样开始的："啊纽约，是的，是的，纽约这座城市，全家都去了那里。船上到处都是虱子，他们不得不把床单烧掉，用掺了杀虫剂的水给孩子洗澡。新生婴儿必须相互隔离，因为彼此间相似的气味会让他们哭个不停。女人们用丝绸手帕遮住脸，好像贝都因妇女，尽管她们都长着红色头发。祖父的祖父在布鲁克林做警察，曾经一枪射死了一

---

① 此处原文为"Bob Mulligan"，《尤利西斯》以名为"Buck Mulligan"的角色开篇："仪表堂堂、结实丰满的壮鹿马利根从楼梯口走了上来。他端着一碗肥皂水，碗上十字交叉，架着一面镜子和一把剃刀。"译文参考《尤利西斯》，金隄译，北京：人民文学出版社，2012年。

个准备割断超市收银员喉咙的跛脚汉。"没有人知道他在说什么，马利根用那种未知的语言写下了这个故事，以及另外几个故事；然而后来有一天，他突然说自己失去了听觉。他来到酒吧，坐在那里 待在柜台一角，喝起了啤酒，什么都听不见，好像一堵墙。醉意一点点地涌上身来，他面露愧色，为自己招惹了众人的目光感到难为情。他再也不愿提起他说过的那些话，过上了半隐居的生活，直到五十岁时死于癌症。可怜的鲍勃·马利根啊，贝伦森说道，他年轻时是个好交际的小伙子，颇受人欢迎。他娶了贝尔·布鲁·博伊兰，但不到一年光景，那姑娘就淹死在河里。她赤条条的身子出现在利菲河的东岸，也就是在另一边。马利根从此一蹶不振，没有再婚，孤独地度过了余生。他主国会印刷厂里做铸排工，常常和我们一起去酒吧，喜欢赌马，直到某天下午，他突然讲起了那些没人能听懂的故事。我觉得，老贝伦森继续说道，贝尔·布鲁·博伊兰是都柏林最美的姑娘。

所有发明人工语言的尝试都因为语言经验结构的时间性而陷入混乱。他们无法构造一种岛上语言之外的语言，因为他们无法想象一种恒久不变的符号体系。假设 $a+b$ 等于 c，其确定性仅能持续一段时间，因为在两秒钟的不规则空间里，a 已经变成了 $-a$，等式也会发生变化。证据只在命题形成的时间段内有效。在岛上，"快"属于真实的范畴。在此情况下，圣三一学院 β 域的语言学家似乎完成了不可能实现的任务：他们在某种逻辑范式下几乎捕捉到了现实的不确定形式。他们定义了一套符号体系，其标记法随时间而变化。也就是说，他们发明了一种展示世界之实然的语言，但这种语言不对世界进行命名。我们已经建立了统一场，他们对波阿斯说，现在只需要等待现实将我们的几项假设纳入这种语言中。

迄今为止，语言学家已经观察到了十七种周期，同时，他们认为存在一种以八百零三为周期，近乎无限循环的可能性（八百零三是世界上已知语言的数量）。人类自1939年开始对变化进行记录起，在近百年的时间里，已经监测到了十七种不同的语言形态。乐观派相信，一个完整的循环可在十二年内完成。但任何预测都是不稳固的，因为周期持续时间的不规则性属于语言结构的一部分。正如利菲河的水有缓有疾，时间也有快有慢。有谚语提到，最幸运的人航行在平静的水面上，最优秀的人生活在加速的时间中——在快时间里，意义的存在像公鸡发狂一样短暂。圣三一学院 β 域诡计者[1] 小组里的激进年轻人对那些愚蠢的谚语嗤之以鼻。在他们看来，

---

[1] 原文为英语 "Trickster"。

只要语言没有找到自身的边界，世界就只是废墟一片，真实则是夏旱时在水位降低的利菲河的淤泥里苟延残喘的鱼，那时的利菲河也不过就是条黑水沟。

10

此前我已经提到，祖辈们都说，曾几何时，语言是一片开阔的原野，人们可以平静地在其中穿行。先人们坚信，世世代代的子孙，都用同样的名字称呼同样的事物；他们确信，自己留下的书写资料可以辈辈传承，未来的人依然能够识读今天写下的文字。那种元语言历经岁月而得以保留至今，有些人（不求甚解地）重复着它的一个片段。波阿斯说，他听人背诵过那篇文本，好像醉汉们讲的一个笑话，发音含混不清，词语间夹杂着奇怪的笑声和表达，没有人知道它们是否构成原本意义的一部分。那个片段叫作《蛇的故事》，波阿斯说，内容是这样的："大风频起的季节来临了。她感觉自己的大脑已被移除，她说她的身体是由电子管和电路做成的。她不停地说话，有时也会唱歌，她对我说，她可以阅读我的思想，只求我别远离她，不要把她一个人留在沙滩上。她说她叫夏娃，蛇就是夏娃。一个又一个世纪过去了，没有人敢说出那纯粹的真相，只有抹大拉的玛利亚在为基督洗脚前把这事告诉了他。夏娃是蛇，她变化无穷；

而亚当总是形单影只，自世界诞生起就孤零零的。她说上帝就是那个女人，夏娃就是那条蛇，善恶树则是语言之树。直到吃下树上的果子，他们才开始说话。这是她停止唱歌的时候所讲述的故事。"对很多人来说，这是一篇宗教经典，是《创世记》中的片段。但对另外一些人来说，那仅仅是在语言的不停变异中留存下来的一段祈祷文，被人们当作占卜游戏来记忆（历史学家宣称那是诺兰自杀前留下的信件中的一段内容）。

11

少数谱系学派坚持认为，岛上最早的一批居民是被流放至此的外乡人，他们逆水而上，最终抵达这里。传说中有两百个家庭被软禁在达尔基，那是都柏林北部的一片多种族聚居区，环抱在的里雅斯特、东京、墨西哥城和彼得格勒的无政府主义者生活的城郊地带之中。

他们乘坐的船名叫"罗塞韦恩号"，一艘三桅帆船，配有波尔Ａ型推进器，在北部海湾起航，据坦尼森说，1月的阵阵冷风袭来，吹得他们在时间的河流中频频倒退。

为遏止政治叛乱而将流亡者囚禁在岛上的实验已经进行了不少次。但这种方法只用在个人身上，特别是为了压制那些领袖人物。最知名的案例是诺兰事件，诺兰是盖尔-凯尔特反抗组织的成员，他渗透到女王的内阁中，并在主持政治宣传规划的过程中成为穆勒的心腹。其身份暴露是因为他利用天气预报向奥斯陆和哥本哈根两地的爱尔兰人聚居区发送加密信息。据历史记载，诺兰被发现是个偶然事件，起因是波士顿麻省理工学院的一位研究员在电脑上处理一年中气象局发出的信息，打算研究欧洲东部气候的无穷小变化。诺兰被放逐后，漂流了大约六天才抵达岛上，后来也形单影只地在那里生活了将近五年，直到最后自杀。他长途跋涉的故事是岛屿历史上最重要的传说之一。只有一个倔强的爱尔兰浑蛋才能忍受那些独处的时光。像是广阔天地中的一只老鼠，他迎着河水的波涛高唱《冲马克王叫三声夸克！》，他在岸边呼喊，在沙滩上寻觅人类脚印的痕迹，老贝伦森如是说。只有像吉姆那样的人才会造出个跟他说话的女人，陪他度过那些永无止境的孤独岁月。

传说中，诺兰用沉船留下的残骸制造了一台双声道录音机，借此，他可以利用维特根斯坦的语言游戏系统即兴创作对话。他先在磁带上录制自己说的内容，再重新将其编写为针对具体问题的答案。确切来说，他创造了与一位女士的对话，他用自己会的所有语言跟她聊天。可以想见，女士最后爱上了诺兰。从诺兰的角度来说，他从第一天起就爱上了她，因为他将她设想为自己的朋友伊塔洛·斯韦沃[①]的妻子，利维娅·安娜，的里雅斯特众多大家闺秀中最美丽的一位，她满头的红色秀发让人联想到全世界成千上万条河流。）

独居岛上三年后，对话变得周期性重复，这不禁让诺兰感到厌烦。录音机女士开始将不同的单词混淆在一起（譬如，她会对他说："Heremon, nolens, nolens, brood our pensies, brume in brume."[②]），诺兰则会反问："什么？""你说什么？"也正是从那时起，他开始叫她安娜·利维娅·普鲁拉贝尔。在第六年的流亡生涯行将结束时，诺兰丧失了获得拯救的希望。他开始失眠，出现幻觉，梦到自己听着无线电收音机里安娜·利维娅甜美的私语而彻夜不眠。

---

① 伊塔洛·斯韦沃（Italo Svevo）是乔伊斯的好友，两人于1907年在意大利的里雅斯特相识。在塑造《尤利西斯》的主人公布卢姆时，斯韦沃的一半经历给了乔伊斯很多启发。斯韦沃的妻子名为利维娅，正是《芬尼根的守灵夜》中安娜·利维娅·普鲁拉贝尔这一人物的名字及形象来源。普鲁拉贝尔（Plurabelle）是法语中"最美丽的女人"（la plus belle）的变体。前文中，老贝伦森称呼诺兰为吉姆，即詹姆斯的爱称，暗示诺兰为詹姆斯·乔伊斯。此外，贝伦森亦提到，马利根的妻子贝尔·布鲁·博伊兰（Belle Blue Boylan）是都柏林市最美的女人 博伊兰的名字亦与安娜·利维娅·普鲁拉贝尔（Anna Livia Plurabelle）有相似之处。马利根-博伊兰和诺兰-利维娅的故事在情节上恰好形成对照：在前者中，博伊兰溺死后，马利根孤身一人，写下了令人不解的故事；而在后者中，是诺兰先自尽，利维娅用神秘的语言独自诉说。此外，《尤利西斯》中亦有姓博伊兰（Blazes Boylan）的女性角色。

② 句子的原型出现在《芬尼根的守灵夜》第二部第二章"家庭作业"中，乔伊斯的原文为"From the butts of Heber and Heremon, *nolens* volens, brood our pansies, brune in brume"，皮格利亚做了细微改动。

　　他养了只猫，某天下午猫钻进山里，再也没有回来。就是在那时，诺兰写下了告别信　他将右肘靠在桌子上，以便控制手腕的颤动，一枪打在头上结束了自己的生命。最早从"罗塞韦恩号"下船的人发现了女人的声音，她依然在双声道录音机中喃喃自语。她几乎没有将语言混杂在一起，据波阿斯说，完全可以感受到诺兰的自杀带给她的绝望。她待在一块石头上　面朝海湾，她由金属丝和红磁带①组成，正发出轻柔的金属的叹息，哀悼着诺兰的离开。

　　我将时间的线编了又拆，拆了又编，她说，但他已经走了，再也不会回来。身体只是身体，只有声音可以表达爱。从很多年前开始我就一个人待在这里，在这万河之河的河畔，等待黑夜的降临。但白日一直在，在这个纬度上，一切都是如此迟缓，黑夜从未抵达，白日从未结束，太阳迟迟不肯下山，看久了太阳，我失去了视力，我多想挣脱绑在我头上的"铁绸带"，多想将"非洲浓缩的黑暗"带到这里。生命总是受到猎人的威胁（诺兰说过），必须制造意义，就像蜜蜂筑巢，制造意义是一

---

① 联系前文对安娜（"手腕上系着象征抗击癌症白红丝带"）的描述，这里的"cinta"一词，既有丝带，也有磁带的意思。

种本能。我无法思考自身的谜题，只能说：那讲故事的人并非他自己，而是他的缪斯，他的宇宙乐音。

12

如果传说是真的，那么在爱尔兰共和军暴动和Pulp-KO倒台之后的政治高压时代，岛上应当生活着大批流亡者。但历史学家对那段过去一无所知，无论是安娜·利维娅独居河岸的年岁，还是两百个家庭登陆的时期，甚至都找不到一丁点儿能证明这些事件存在过的蛛丝马迹。岛上流传的唯一一份文字资料是《芬尼根的守灵夜》，它被公认为圣书，因为无论处于何种语言状态，人们总是能够阅读它。

事实上，唯一一本在元语言中存续的书也是《芬尼根的守灵夜》，波阿斯说，因为它包括了全部的语言。在微观层面上，它重现了语言的千变万化，仿佛一件世界的微雕模型。长久以来，人们一直将它视作一本包含宇宙奥秘的魔法书来阅读，同时，它也记录了岛屿起源的历史，以及岛上生命的进化历程。

没有人知道这本书的作者是谁，也没有人知道它是如何流传到这里的。没有人记得它究竟是成书于岛上，还是夹杂在第一批流亡者的行李中。波阿斯在博物馆看到了那本书，它被保存在玻璃柜里，仿佛悬停在一片核爆炸的强光之中。那是一个很古老的版本，由费伯出版社①出版，每一本都有编号，有超过三百年的历史。书中伴有手写笔记、一张日历，外加一份20世纪时一个爱尔兰家族的逝者名单。岛上流传的每一本《芬尼根的守灵夜》都是从这本复刻而来。

很多人认为，《芬尼根的守灵夜》是一本葬礼之书，并将它作为岛上的宗教经典来研究。《守灵夜》被当成《圣经》一样在教堂里传诵，被长老会牧师与天主教神父以各种各样的语言用来布道。《创世记》记述了神的诅咒，它不仅触发了人之堕落，亦将语言变成了今日之险峻风景。蒂姆·芬尼根醉酒时从梯子上跌进了地窖，就在那一瞬间，梯子引出了后来的故事，后来的故事里冒出了垃圾堆，一片混沌中出现了一封信，那便是上帝的来信。那封信是在垃圾堆里被一只啄食的母鸡发现的。信件以一点茶渍落款，因为在垃圾堆里待得太久，文本已经污秽不清。信上坑坑洞洞，污迹斑斑，难以识读，学究和神父绞尽脑汁，也没能悟出上帝来信的真谛。这封信以世界上所有的语言写成，在人类的眼前变幻万千。

---

① 1939年5月，费伯出版社（Faber & Faber）与维京出版社（Vikings Press）分别在伦敦和纽约同时发行了《芬尼根的守灵夜》的首个版本。

它就是福音书，垃圾堆则是世界的起源。

《芬尼根的守灵夜》的注解确定了岛上的意识形态传统。这本书就像一张地图，历史随选择的道路不同而呈现出不一样的面貌。各种各样的阐释日渐增多，《芬尼根的守灵夜》便随世界的变化而变化，没有人设想过这本书的生命会骤然终止。然而，在利菲河的波动中，在终结之信抵达前，有一股水流反复涌向吉姆·诺兰和安娜·利维娅，他们在岛上相依为命。（据波阿斯说）那正是第一个叙事核心，也就是线人们口中流传的起源神话。

在其他版本中，这本书是安娜·利维娅·普鲁拉贝尔口述的誊录，包括她读取的自己丈夫（诺兰）的想法，以及在他死后（或许是睡着了）她与他的对话。多年来只有她孤零零地待在岛上，被弃置在石头上，暴露在太阳底下，她有着红磁带、铜丝电线和金属框架，在空旷的滩头喃喃自语，直到两百个家庭来到这里。

13

所有的神话讲到这里就结束了，这份报告也不例外。两个月前我从岛上离开，波阿斯说，但那种如同河流一般流淌的语言的乐音依然在我身上回响。据那里的人说，听过利菲河岸边洗衣女歌声的人将永远无法离开，而我无法抵挡安娜·利维娅甜美的嗓音。正因如此，我必须回到那座三重时间交错的城市，回到鲍勃·马利根的妻子伫立的海湾，回到虚构博物馆《芬尼根的守灵夜》正静静地躺在展厅里的一只黑色玻璃匣中。我也将在汉弗利·壹耳微蚵的酒馆里放声高歌，一边用拳头敲击木桌，一边喝啤酒，唱出那首关于在岛屿上空不停盘桓的独眼鸟的歌。

Ⅳ

在岸边

1

　　河口三角洲与城市接壤，循着蜿蜒曲折的河道与盘根错节的支流望去，岛屿、水路与洼地星罗棋布，宛如在查看一张失落大陆的平面图。朱尼尔确实有一张地图；在抵达蒂格雷后，他四处打探消息，在岛屿旅行者公司①运营的一个站点，有人给他讲解了当地的路线分布。他从水电站雇了一名领航员，又在划艇俱乐部租了一艘船。如果推测无误，鲁索的秘密基地就在小鸟溪汇入开阔河段前的一处弯道上。他们不得不沿着卡拉帕查依河逆流而上，进入北方河段后，水流愈加湍急了。随着朱尼尔越来越深入帕尔马斯的巴拉那河，他心中的石头也逐渐落了地，仿佛自己跨过了那条通往过去的界线，那条冥冥之中也将他带回女儿身边的界线。航行两个小时之后，沿途的植被越发茂密起来，他们路过一座实验室的

---

① 岛屿旅行者公司（Interisleña），阿根廷最重要的船运公司之一，在巴拉那河三角洲地区业务活跃。

遗址，这意味着离鲁索的工厂不远了。驶过一座长满灯
芯草的小岛和一片沙洲后，水面再次变得开阔起来。行
至河深处，一片掩映在薄雾中的高地出现在眼前，远远
望去，侧面沟壑纵横，有建造之处则浇筑了混凝土地基。
高地中心处耸立着一座碉楼式建筑，底部是厚重的石柱，
四周铁栅栏环绕，楼上宽大的圆形窗户朝花园和河流的
方向敞开。码头上，一个男人举起宽檐帽，挥舞着向他
们发出停泊的信号。那是鲁索的一位助手。他先是表示
了欢迎，而后用力拉住朱尼尔的胳膊帮他从船上跳下来，
并为他带路。那栋建筑坐落于一片空旷的平地上。穿过
一小丛柳树林，沿着一条石板路走进去，就来到了环绕
碉楼的铁栅栏边。

　　"圣玛尔塔岛，这边是寒鸦溪。这一带一直是外乡人
的聚居区。"男人向朱尼尔解释道，他说话时略带口音，
像是某种发声缺陷，但人非常和蔼周到。他们穿过大门，
朝花园走去。正当他们快步前进时，一个很瘦的高个子
男人穿过花园而来，并向朱尼尔伸出了一只手。

　　"我是鲁索。您就是那位记者吧，请您务必谨言慎
行，也请不要拍照。一起坐下来吧。'他指了指建筑四
周的檐廊上的一把柳条椅，"他们认为，"他说，"我已
经解除了她的连接，那是无稽之谈。她拥有生命，是一
具能伸能缩的肉体，并且可以捕捉正在发生的事情。您
看，"他继续说道，"在花园那边有一个水龙头，几乎与

地面齐平，即便是酷暑天，水龙头里依然能流出清凉的水。它就在那圈女贞篱笆底下。有时，我会想象自己走过去躺在草坪上，仰着脸喝水，但我从来没有真正那么做过。如此一来，我就保留了开放的可能性，您明白我的意思吧？一个开放的选项，这就是经验的逻辑，总是追问可能性、未来会发生什么，一条未来的街道，最高法院附近的公寓里一扇虚掩的门，一把吉他的低鸣。不存在所谓瑕疵，事实上那只是一个阶段，第三阶段或者第三域，正如此前所预料到的那样。一条褶子，一种策略性的回撤。我们，"那位工程师说道，"已经掌握了生命的艺术，我们将生命视为一种机械，我们不仅理解了它的主要功能，而且实现了对功能的复制。我们可以调节机械节奏的快慢，也就是生命强度的高低。一个故事，不过就是在纯语言尺度上对世界秩序的复制。假如生命只是由词语构成的，那么故事就是对生命的复制。但生命并非仅仅由词语构成，不幸的是，它也包括身体，就像马塞多尼奥说的，生命由疾病、痛楚与死亡所构成。

"物理学的发展是如此迅速，"他突然话锋一转，"以至于所有知识在六个月内便过时了。它们变成了幻象，变成了从记忆中浮现的形式。当它们出现在我们的记忆中时，本身就已经消失了。"

他生过一场大病，不再假装自己是欧洲人，从他加入阿根廷国籍起，人们总会把他当成假冒阿根廷人的奥地利人、匈牙利人或德国人，他们把他说成藏身于蒂格雷的纳粹物理学家，冯·布劳恩的助手，海德堡的学生。"没有必要为了显示自己是另外一种人而做相反的事，您明白我的意思吧。如果您是无政府主义者，那就专心做个无政府主义者，这样的话，他们就会把您当成卧底警察，永远也不会把您抓起来。如果一个人只做自己，所有人都会认为他是另外一个人。"他甚至很清楚外头的传言，人们都说他就是里希特，那个兜售原子弹秘密、诓骗庇隆将军的物理学家。"但是，不，"他说，"我是那个鲁索。"他研究过里希特的人格，因为他觉得里希特编织的整个骗局很有意思，"天才之作"。但他的名字是鲁索，一个喜欢搞发明的阿根廷人，以出售实用小玩意儿和简易机械的廉价专利为生，他的发明促进了小镇上五金店和杂货铺的生意。

"比如，您看这个。"他边说边向朱尼尔展示一块怀表。他打开表盖，拨动发条旋钮，刻度盘就变成了一张磁力棋盘，曲面表壳上的凸透镜将袖珍棋子放大。"这是阿根廷制造的第一台自动下棋机，"鲁索说，"准确来说，它产自拉普拉塔。怀表的齿轮及传动系统是它编写棋局的工具，钟点则是它的记忆，每一步有十二种走法。就是凭借这件装置，我在1959年的马德普拉塔大师赛上击

败了拉尔森①。"说完，他按下发条旋钮，会下棋的怀表
又变回了普通的怀表。"发明机器其实是件很容易的事，
只要对旧机械结构的部件稍做改动即可。将现存事物变
成另一样东西的可能性有无数种，但我造不了空中楼阁。
从这个意义上来说，我不是里希特。没有人会将我的发
明与里希特的发明相提并论。他单凭口舌，单凭他的德
国口音这一个事实，就给庇隆造出了一座核电站。他告
诉庇隆自己是个原子能科学家，掌握着制造原子弹的奥
秘；庇隆就这么相信了他，被骗得团团转，还让人给他
建了地下基地及布满管道和涡轮机的无用实验室，但最
后这些都从未真正运作起来。庇隆一边漫步在这些华丽
的布景中间，一边听里希特操着浓重的德国口音，讲述
在低温环境中制造核裂变的宏伟蓝图。里希特用这个故
事骗取了庇隆的信任；事实上，他不过是个可怜的中学
物理老师，甚至都不是德国人，而是瑞士人。庇隆的一
生超越了所有人，他的生活就是扮鬼脸、挤眉弄眼、说
些模棱两可的话。他相信了里希特那天马行空的故事，
直到最后都在捍卫他。毕竟，说到底都是一回事，我的
意思是，对马塞多尼奥来说，这就是机器的制造原理。

① 本特·拉尔森（Bent Larsen，1935—2010），国际象棋大师级选手，被认为是
丹麦历史上最好的棋手；拉尔森的妻子为阿根廷生人，他本人最后也在阿根廷去
世。1939年8月，布宜诺斯艾利斯举办国际象棋锦标赛，开赛后不久传来二战爆
发的消息。当时参赛的许多世界顶尖棋手都来自欧洲，他们中不少人决定留在阿根
廷。此事极大地推动了国际象棋在阿根廷的发展，20世纪40年代至50年代，阿根
廷位处国际象棋强国之列。

对德国口音的虚构。只要找到合适的词，一切皆有可能。他遇到我之后，很快就说服了我与他合作。

他说道："您看，政客相信科学家（庇隆-里希特），而科学家相信小说家（鲁索-马塞多尼奥·费尔南德斯）。科学家是出色的小说读者，19世纪大众的最后代表，只有他们才会严肃看待现实的不确定性，以及故事的叙述形式。马塞多尼奥说过，物理学家将宇宙的基本粒子命名为夸克，以此纪念乔伊斯的《芬尼根的守灵夜》；爱因斯坦在普林斯顿的唯一朋友，他唯一的知己，是小说家赫尔曼·布洛赫，爱因斯坦对他的书，尤其是那本《维吉尔之死》烂熟于心。世界上的其他人只相信电视上的迷信。现实的准则，已经变得明确并且单一，因此他们想要解除机器的连接。您肯定听说过那个在丛林里坚持抵抗美军三十年、拒绝投降的日本士兵的故事。他坚信战争是永久的，应当时刻防备着伏击，在岛上[①]流动作战，直到与日本军队取得联系为止。在几十年的游击生活中，他渐渐衰老。他靠吃蜥蜴和野菜活了下来，睡在一间用树枝搭成的茅屋里，台风来临的时候就爬到树上，紧紧抱住树枝。诚然，战争即如此，士兵不过是在执行自己的任务；除了一个几乎可以忽略不计的信息（一纸停战协定书），他全部的世界都是真实的。当他在丛林

---

① 此处指菲律宾卢邦岛。

中被发现时，已经不会说话了，只是重复着日本军队的誓词，发誓要战斗到底。如今他已经是一位九十岁高龄的老人，在广岛的二战纪念馆里可以看到他的照片：身穿破烂的日军军服，紧握头插刺刀的步枪，摆出战斗的姿势。

"马塞多尼奥十分清楚地把握了新情势的发展方向。如果政客相信科学家，科学家相信小说家，那么结论很简单，有必要对现实施加影响，用科学方法发明一个新世界。在这个新世界里，一个躲在山林中死守命令三十年的士兵不可能存在，或者说，至少不可能成为信念与责任感的典范，为今天的日本人（无论是管理人员、劳动者，还是技术专家，他们都被赞誉为现代人的典范，但事实上，他们只不过生活在另一种尺度的虚构当中）所争相效仿。日本封建时代的自尽模式——近乎偏执的繁文缛节，禅宗倡导的安于本分——正是马塞多尼奥致力于消灭的核心敌人。他们可以建造电子装置、电子人格，以及电子虚构世界，但在世上的所有政权中，都有一个发号施令的日本大脑。从根本上说，所谓统治的智慧，其实是一种旨在篡改现实运行准则的技术机制。我们必须反抗。我们正试图打造一件微型复制品，一台女性防御机器，反对国家的种种经验、实验与谎言。

"你看，"他举起一只手，指了指树林和远处的岛屿，"到处都是隐藏的监听器和摄像头，还有警察。他们无时无刻不在监视我们，记录下我们的一举一动，就连您，我不知道您究竟是记者，还是间谍，或者两个都是。但没关系，我没有什么好隐藏的，他们知道我在哪里；如果哪天他们不来了，那只有一种可能，就是我已经逍遥法外。国家掌握着所有公民的所有故事，又将这些故事转译成共和国总统及其部长们讲述的新故事。那种对无所不知的渴望一旦登峰造极，情报机关的作用一旦发挥到最大，就变成了酷刑。正因国家如此思维，折磨穷人就成了警察的基本任务。他们只折磨穷人、工人、无家可归之人，你可以看到他们大多是深色皮肤，警察和军人都是刽子手。只有在极个别情况下，他们才对其他社会阶层的人动手，而类似的事情总会引发轩然大波。比如庇隆将军当政时期，由阿莫雷萨诺和隆比利亚①参与的臭名昭著的'布拉沃事件'。每当他们决定严刑拷打那些社会地位稍微高一些的人时，就免不了出一桩丑闻。近年来，军方制造了许多骇人听闻的杀戮和恐怖事件，来自上流社会的男人、女人，甚至是孩子，也受到了折磨与虐待。事情瞒不住，被尽数揭发出来。不过，大部分被谋害的人当然还是工人和农民，同样被处死的还有神

---

① 西普里亚诺·隆比利亚（Cipriano Lombilla），在庇隆前两个总统任期内主管阿根廷警察总局特别事务处；阿莫雷萨诺指何塞·福斯蒂诺·阿莫雷萨诺（José Faustino Amoresano），是隆比利亚的助手。两人制造和参与了诸多针对异见者的迫害行动。1951 年，时值庇隆首个任期，阿根廷青年学生、共产主义者埃尔内斯托·马里奥·布拉沃（Ernesto Mario Bravo）被警察逮捕并受到严刑拷打，引发大规模学生和反对党抗议。此事后来被称为"布拉沃事件"。

父、庄园主、工厂主和学生。最终，他们迫于国际压力
而有所收敛。但事实上，所谓的国际社会，默许他们屠
杀、拷打乡下人，还有城市贫民窟、下层街区那些激愤
的可怜人、穷人；只有当迫害对象是知识分子、政治家，
或是富人家的孩子时，国际社会才会做出反应。因为，
通常来说，这些对象自愿配合国家，是遵守现实准则的
好公民，不应该遭受酷刑。当然，那些可怜人、穷人也
可以效法成为好公民，但他们不能，因为他们已经受尽
羞辱，被逼上绝路；即便他们愿意，拼尽全力，也再不
能做到像一个日本模范公民那样，每天工作十五个小时，
遇到企业经理时总是千百年不变地点头哈腰。一切都在
他们的控制之中，他们建立了精神政权，创造了制度史
上的一个新阶段。精神政权，想象的现实，我们所有人
都遵循他们的思考方式，我们想象着他们想让我们想象
的东西。

　　"所以我很喜欢里希特渗透进阿根廷政府的方式，他
将自己的偏执想象植入庇隆的偏执想象中，向后者兜售
原子弹的秘密。那只能是一个秘密，因为原子弹从未存
在过：那只是一个秘密，正因为它是秘密，所以不能被
曝光。他们不断制造系统性的酷刑、修建集中营、训练
'犯人'从事情报工作。当然，时至今日，他们已经无往
不胜，没有人能够渗透到他们中间了。唯一还能做的是
创造一个白色节点，让一切重新开始。现在什么都没有

了，一穷二白，只剩下我们，坚持抵抗——我的母亲和我，这座岛和马塞多尼奥的机器。十五年前，柏林墙倒塌，唯一留下的就是机器和机器的记忆，没有其他东西，您明白我的意思吗，年轻人，一切归零，只剩下庄稼茬、干裂的农田和霜打过的痕迹。正因如此，他们才想切断她的连接。

"起初，当他们意识到已经无法忽略她的存在，当大家都得知就连博尔赫斯的故事也来自马塞多尼奥机，以及她甚至还在重新讲述和传播马岛上所发生之事的时候，他们决定把她送进博物馆，为她专门建造一座博物馆。他们买下了RCO的大楼，将她放在那里展示，摆在一间特别展厅当中，想看看能否消除她的活力，将她变为一件博物馆展品，丢弃在一个死气沉沉的世界里。但机器制造的故事依然在四处流传，他们无法阻止她，故事、故事，更多的故事被制造出来。您知道这一切是怎么开始的吗？我来告诉您。故事总是这样开始的，讲故事的人坐着，就像我一样，坐在一把柳条椅中，他摇摇晃晃，面朝奔流的河水，从一开始就一直是这样，彼岸有人在等待，想知道接下去会发生什么。当时，我在阿苏尔有一间小作坊，因为政治原因，我丢掉了拉普拉塔天文馆的工作，便开办了那家修理收音机和电视设备的作坊。当时我已经开始自己做研究了，每到晚上，就组合各种公式、做计算，但没有得出什么确切的结论，那

时哥德尔和塔斯基的假设刚开始流传。我尝试将它们运
用到一台无线电接收器上。当时我已经成功地制造出一
台录音机，注意只是录音机，没有传输功能。我的衣柜
里装满了磁带、录制的声音和歌词。机器还不能传输，
只能接收太空中的电波与记忆。我必须再强调一下日期，
那时哥德尔的成果刚刚发表，同期还有塔斯基的论文[①]。
我跟布宜诺斯艾利斯的罗德里格斯书店保持着联系，每
两个月会收到他们寄送的最新科学与哲学书刊，有德文
的，也有英文的。于是，晚上我从事自己的研究，白天
照料电器修理的生意，直到有一天，这个男人，这位哲
学家兼诗人出现在我面前。我得说，他能找到我，是因
为在小镇上，大家都对别人的一切了如指掌。他们告诉
他有一个欧洲数学家刚搬来这里，准备在阿特亚加家的
农场里住上一段时间，那个农场就在附近；他们还告诉
他，那是个德国人，因为所有人都以为我是德国人或俄
罗斯人。于是，他想认识我。这就是一切的开始。事实
上，此前他已经开始做另一种类型的实验，但方向是一
样的。

　　"我想起我的一个朋友，名叫加夫列尔·德尔马索[②]，

---

① 1931年，库尔特·哥德尔发表了哥德尔不完备定理及其证明；1936年，阿尔弗
雷德·塔斯基发表了塔斯基不可定义定理及其证明。两者皆涉及对真命题的证明。
② 加夫列尔·德尔马索（Gabriel Del Mazo，1898—1969），阿根廷学生运动领
袖、工程师，阿根廷先锋力量激进主义青年团的创始成员之一，这一组织在其创建
宣言中提到："我们是一个被殖民的阿根廷，我们想成为一个自由的阿根廷。"

他年轻的时候就认识马塞多尼奥。我听他讲起过曾有一天在马塞多尼奥家的餐厅里——他有栋带庭院的大宅子，位于彼达巷，大概靠近巴托各梅·米特雷大街2120号。如今房子依然在那里，院子里爬满了葡萄藤——他们与胡安·包蒂斯塔·胡斯托聚在一起，科斯梅·马里尼奥也在场，他们分别是阿根廷社会主义和无政府主义运动的创始人。加夫列尔·德尔马索记得那时马塞多尼奥还是个单身汉，他记得那天隔壁房间不停传来吉他的弹奏声。'那一组和弦，'德尔马索描述说，'反复出现在不同和弦之间，并与其他和弦保持着很长的间隔，最后其他和弦消失了，只剩下那一段独自循环的旋律。我起了好奇心，'他接着说，'便走过去问他在做什么。我恐怕无法准确复述他的答案，因为我的记忆可能出现偏差，'德尔马索说，'但大概是这样的：我在做一件有趣的事，尝试在音乐中寻找可能衍生出整个宇宙的基本和弦。'

"在吉他的弹奏中，在循环往复永不停歇的旋律中，他好像在寻找一种原生细胞，白色节点，形式与词语的本源。一种蕴含着所有声音与所有故事起源的内核，一种仿佛刻录在鸟儿飞行中或是乌龟甲壳上的通用语言，一种独一无二的形式。可以这么说，他认为，在形而上学意义上，梦境与现实没有区别。尽管他认为现实的客观表象使之区别于梦境，但其核心论点依然在于两者的不可区分性。在他看来，与其说梦境是现实的中断，毋宁说它是现实的入口。当你从梦中醒来，就会走进另一种生命状态，交界点总是在意料之外的地方出现。活着就像一根发辫，编连起一个又一个梦。对他来说，梦境中的'存在'充满生命的强度，此时，它制造的经验数量不亚于，甚至是多于梦醒时分。他的所有作品都围绕着白色节点展开。他写过很多关于节点的文字。宇宙同时被'其所不是'和'其所是'所定义，马塞多尼奥认为，从本质上说，世界建立在可能性之上。由此我们开始讨论哥德尔的假设，即任何形式的系统都不能证明其本身的自洽性。从哥德尔的假设开始，我们谈到了虚拟现实和平行世界。哥德尔的定理，阿尔弗雷德·塔斯基关于宇宙边界的著述，以及边界的意义。马塞多尼奥对于交界点，那条充当分界线的河岸，有着十分清晰的认识。正因如此，当他的妻子去世时，对他来说，放弃生命也成了一种必要的需求，他必须像她放弃生命那样，也放弃自己的生命，仿佛他的离开是为了去寻找她，而她已经抵达河流的另外一边，那个被马塞多尼奥称为彼岸的地方。他变成了一个船难事故的幸存者，他将从河水中抢救出来的东西都装在一个匣子里。经年累月，他孤独地居住在一座想象的岛屿上，就像鲁滨孙·克鲁索。

"事实上，当他的妻子去世时，他的确放弃了所有：

他的孩子、他律师的头衔，甚至是他的医学和哲学写作手稿。他过上了一无所有的生活，好像街上的流浪汉，加入了当时搭货运列车旅行的无政府主义者的队伍。他们在乡间游荡，在桥下过夜，靠稀粥、野菜汤和麻雀碎骨填饱肚子。他是一个极度禁欲的人，所以对他来说一切都显得多余，甚至连未曾拥有的东西也已经是多余的了。他独自一人徒步，在布宜诺斯艾利斯省的小酒馆里弹吉他，随身携带一口煮马黛茶的小锅，据他自己说，里头装着埃莱娜的灵魂。埃莱娜的灵魂就是一些信件和一张用碎布头包着的埃莱娜的照片。他已经发现了保存记忆的语言核心的存在，那是一些曾经使用过的词语，它们将全部痛苦带回他的记忆中。他正在将它们从自己的语汇中剔除，尝试压制它们，建立一种没有任何记忆依附的私人语言。一种个人的、没有记忆的语言，他可以用英语和德语进行写作与表达，于是他将两种语言混在一起，为的是不与他和埃莱娜共同使用过的词语的皮肤发生哪怕一丁点儿触碰。最后，他独自坐在朋友们借给他的房子里打发时间，就在阿苏尔。他坐在院子里思考，一边喝着马黛茶，一边凝望着原野。

"他就是在阿苏尔认识她的。在布宜诺斯艾利斯省兜兜转转后，他又回到了起点。马塞多尼奥常说，他在遇到埃莱娜之前就爱上了她，因为总有人跟他提起她。在见到她之前，他就已经触及过她的灵魂，甚至于很多他在年轻时做过的事情都是为了远远地打动她，让她爱上自己。他总认为是自己的这种热情害她生了病，是自己的过错导致了她的死亡。马塞多尼奥第一次见到她是在自己的一位表亲家里，那天正巧是她的十八岁生日。后来的某天下午，在阿苏尔的街上，出于巧合，他再次见到了她。那次相遇改变了他的一生。那天在阿苏尔下车时，他正在做一项测量思想长度的实验，下火车时他并不知道自己身处何方，只是觉得自己积攒的路程长度已经能够满足思考的需要，便决定在阿苏尔发一封自己要延迟抵达的电报。从邮局出来后，他在街角的酒铺里坐下来喝了甘蔗烧酒，然后沿着路边散起步来。就是在那时，他遇见了埃莱娜。她正盯着一家鞋店的玻璃橱窗看，好像有人故意把她放在那里，为的就是让马塞多尼奥遇见她。她大笑起来，眼前的一切让她觉得十分滑稽：午睡时分，一个身穿深色套装、白色衬衫的男人如梦游般行走在潘帕斯草原上一个荒凉的小镇中。他看起来像个要为教区内的穷人祈求施舍的神学院学生。其实是我向她祈求施舍，马塞多尼奥说，因为她施予我美貌与智慧的恩赐，她就像清晨的阳光那样明亮。他邀请她去车站的咖啡馆喝了一小杯茶，于是从那天下午起，两人就再也没有分开，直到埃莱娜去世。

"埃莱娜预感自己将不久于人世。尽管没有人在她身上发现任何疾病的症状，尽管现实中永远在生病的那个人是马塞多尼奥·费尔南德斯[①]，他接受古怪的高乔系统疗法，譬如喝发酵的牛奶和汤水，却从不服用任何化学药物；尽管那个不断拿医学知识做实验的人是他，但她却成了那个首先被死神侵袭的人。正因如此，埃莱娜的病情和死亡，以及马塞多尼奥凭借自己的医学知识试图治愈她的种种努力，都成了一个再凄凉不过的伤心故事。马塞多尼奥以为，埃莱娜的死是一场包含他来生的实验。与神秘主义者不同，科学家从不亲身参与自己的实验。但直到最后一刻，马塞多尼奥都参与进了埃莱娜的病情中，并尝试治愈她。打个比方，这就好比爱因斯坦去广岛验证自己关于原子结构的理论假设。最终，马塞多尼奥不得不相信，他被击败了，生命是一场残忍的消耗，它注定要逐一杀死所有人，他知道自己无力扼制疾病，他甚至试图代替她生病，那自然是徒劳一场。他同意将埃莱娜转移到一家医院。他先是在医院四周不停地绕圈子，从她病房的窗户外向内张望，却不敢走进去。后来，他在花园里四处走动，隔着玻璃朝她招手。但直到最后，他也没有鼓起勇气走进病房。因为他没有勇气

---

① 马塞多尼奥·费尔南德斯（Macedonio Fernández，1874—1952），阿根廷作家、哲学家，对博尔赫斯等阿根廷先锋派作家产生过重要影响。在他去世后，他的实验小说《永恒之人的小说博物馆》（Museo de la novela de la eterna）于1967年出版。1920年费尔南德斯的妻子去世，他将自己的孩子交由家人无养，并放弃了律师的职业。但在这里，我们不能全然将虚构的马塞多尼奥等同于历史上的马塞多尼奥。对于本书中提到的其他真实人物，亦是如此。

看着她离开。从那时起，他就开始讨厌医生，藐视医学，他认为医学没有前景，无法完成它阻止人类死亡的使命。医生注定都是失败者，他们的失败只是个时间问题。他们从来没有将任何人从死亡线上拉回。他们之所以既傲慢又愚蠢，正是因为他们从来没有成功过，从来没能拯救过任何人。埃莱娜躺在病房里，马塞多尼奥从窗外望进去，隔着玻璃跟她打招呼，她露出笑容的同时也丧失了最后一丝气力。

"就这样，埃莱娜死了，她像幸福本身一样脆弱，不堪一击。

"结局是如此残酷，马塞多尼奥承受着永无止境的痛苦，他一次又一次地回忆起等候室里的印花沙发，回忆起他生理性地抗拒那张躺着埃莱娜痛苦身躯的病床，他异常清晰地感觉到自己正在做梦，且无法醒来。等候室里的人和他一样，也正在黎明中等待其他奄奄一息之人走到生命的尽头。他们一边抽烟，一边在没有时间的时间里盯着虚空，在那里他们等待的是远离痛苦之人顺从地称之为'在劫难逃'的东西。直到某天下午，他的兄弟阿尔弗雷多出现在走廊尽头，朝着等候室走去，他的面孔已经长成了父亲的模样。马塞多尼奥做了个手势示意他停下，而后，阿尔弗雷多靠在墙面的白色瓷砖上，看着他越走越远，再也没有回来。他尚年幼的孩子们从此孤独地长大，他不想看到任何能让他想起她已经离开这个世界的人与事。埃莱娜（时年二十六岁），死因不明。她的死亡属于平行宇宙，发生在一场梦里（他曾梦到几只老虎在针茅地上将她杀死）。仿佛黑暗中的泥泞小路上一个男人提灯而来，他付了钱，将她的躯体交到男人手里。那么，他换回了什么？这是一项契约。他认为献祭是维持宇宙秩序的仪式。献祭并非公共行为（或者说，它们不再是公共行为了），但人们不能停止献祭。如今，高高在上的、戏剧化的献祭表演已经消失。作为替代，医院白花花的病房里，那些无辜美丽的死者被推上祭台。所以，如果是这样，那就还有一线希望。既然献祭的仪式已经完成，现在他决定将自己放置在实验的中心。那个时候，我已经结婚，我的妻子很快就和马塞多尼奥成了好朋友，因为他对女人总是彬彬有礼，关怀备至。他是一个充满魅力、友善又极其聪明的男人，所有认识他的人都会这么说。他拥有头等的智慧，能够迅速理解任何悖论或者恒真命题。我记得他最早和我谈起的事情中就有他对威廉·詹姆斯[1]的兴趣，因为詹姆斯研究信仰。一般来说，他告诉我，相较于缺席的现实，哲学家对恒真命题（或者说，数学和形式逻辑）或证据（事实和检证）感兴趣。我仿佛依然能听到他温柔而坚定的声音。

---

[1] 威廉·詹姆斯（William James，1842—1910），美国哲学家和心理学家。

"'缺席是一种物质性的现实，好比草原上的一个洞。'

"埃莱娜死后，马塞多尼奥痛不欲生，但他还是继续活了下来（正如但丁的哭号："我没有死去，也没有活着"①）。他告诉我，他想起一个苏俄学生，此人原本计划在敖德萨对政治警察头目实施袭击，但却因为不忍伤害到一个正在排队过马路的无辜家庭（母亲、两个孩子和法国家庭女教师），于是在自己身上引爆了炸弹。他是在阿德罗格②认识那个学生的，当时离爆炸已经过去了数年。他显得很苍老，身体因为爆炸而完全变形，和幽灵没什么两样。失去爱人的他就像那个炸弹在身体上爆炸却没有致死的男人。正因如此，对马塞多尼奥而言，莽汉拉什萨罗夫就好像他的亲兄弟，他似乎拥有一具金刚而非血肉之躯。他的钢牙在说话时会迸出火花，他精心修饰的发型下藏着银铸的结痂，金丝线在他右膝关节中遗留的软骨和碎骨间绣出立体的文身。那是手工留下的痛苦封印，它的存在不仅会唤起痛苦的记忆，也象征着一轮自由意志之火。那是他最为骄傲的战斗勋章，因为它隐形地刻写在自己的身体里。苏德战争期间，在克里米亚半岛一处隶属于组织的地下基地里，他在黑暗中接

① 出自《神曲·地狱篇》的最后一歌，朱维基译，上海：上海译文出版社，1987。
② 阿德罗格（Adrogué），隶属于布宜诺斯艾利斯大区，位于布市以南约二十三千米处。阿德罗格也是皮格利亚的出生地。

受了整整四个小时的手术，既没有使用抗菌药物，也没有打麻醉剂，这自然是应该为之骄傲的事情。因为埃莱娜的突然离去，马塞多尼奥仿佛也变成了同一副模样，一个备受摧残的金属人，靠手术和假体勉强存活。同样的痛苦，同样的人造身体。他成了个冷冰冰的铝制人，走起路来四肢与身体分离，貌似金属玩偶，既不能笑，也不能高声说话。'没有什么能疏解他的痛苦。'

"埃莱娜离开的时候，陪伴马塞多尼奥的正是拉什萨罗夫，他整天都和他待在一起。拉什萨罗夫走起路来像机器人一样，步伐滞重忧郁，灵魂冗重如铁，胸腔里刻满无名的空虚。马塞多尼奥瘫倒在沙发上，拉什萨罗夫不停鼓励他振作起来。马塞多尼奥努力集中注意力，听拉什萨罗夫对自己的无政府主义事业侃侃而谈，却没有说一句话。只有那么一次，趁拉什萨罗夫喝甘蔗酒休息的间隙，马塞多尼奥用奇怪的嗓音说道（因为好几个小时没有说话，他的声音仿佛变轻了）：'一位奥地利军官曾对我的父亲说："我死后会常常想起您的。"对我来说，想念她是正常的事，然而，一想到死后的她也会想念我，我便悲从中来。'

"每每想到已经离世的埃莱娜也会思念他，会因为看到他孑然一身而伤心，马塞多尼奥便觉得无法忍受。他开始思考身体消失后依然存续的记忆，肉身瓦解后依然活跃的白色节点。爱的语言刻写在头骨上，虽然看不见它们，但它们依然存在，或许可以对它们进行复原，重新赋予记忆以生命力，就像有人用吉他弹奏出书写在空气中的乐曲。那天下午，马塞多尼奥脑海中的想法逐渐成形：进入记忆，停留在那里，停留在她的记忆中。正因为机器是埃莱娜的记忆，所以它也是如流水般永恒回归的故事。她就是他的贝阿特丽切，是他的宇宙，是他的层层地狱，也是在他面前显现的天国。在《神曲》某个被篡改的版本里有这样的情节：维吉尔为但丁'复活'了贝阿特丽切，他创造了一个新的女人，并让但丁在诗的结尾与她相遇；但丁不仅相信了这个发明，而且销毁了他写下的诗篇；当但丁再次寻求维吉尔的帮助时，却发现他已经从自己的身边消失。于是，就诞生了这台让他能够重新找回永恒女性的自动机器。从某种意义上来说，我就是他的维吉尔。他经年累月地将自己关在工作室里，重建记忆的声音和过去的故事，尝试恢复那种已经失传的语言的脆弱形态。如今，人们纷纷传说她已经被解除连接，但我知道那是不可能的。她不仅现在是永恒的，未来也将永恒地生活在当下。假如真的要夺去她的生命，那就必须摧毁世界，抹除这段谈话；但是同时，那些想要毁掉她的人所进行的谈话也将全部被抹除。她就像那条河，缓缓流淌在暮色之中。无论河里是否有人，河水都会平静地流动。在弄清楚正在发生的事情之前，他们将无法阻止已经开始的事情。"

"我是埃米尔·鲁索，"他说道，"他们认为我持有副本，但我没有。事实上，副本有很多，她会不停地生产故事，这些故事将会变成内在于每个人的隐形记忆，这些记忆才是真正的副本。比如说　我们的这段谈话就是一个副本。您对美琪酒店的造访。那个总是抱着香水瓶喝个不停的女人，那个监狱里的女孩，都可以成为副本。您不必离开岛上，这段故事可以在此结束。现实是无止境的，它会变形，变成一个永恒的故事，一切总会重新开始。只有她不会变化，她永远是她，静默于现时，失落于回忆。如果说存在某种罪行，那这就是罪行。她没有图像，她的记忆中只有语言、飞鸟安静的振翅，以及夜里的声音。我来向您展示档案吧。您看到就会明白，故事是没有尽头的。您看。"他边说边打开了墙上的显示屏。最开始出现的是跳动的雪花纹。里头有几个数字，然后是一部用超八毫米胶片拍摄的老片子。主角是一个小老头，他满头银发，身穿大衣，从一栋木房子里走了出来，穿过花园，坐在一把柳条椅上，面露笑容。

"那个男人，就是你现在看到的那个，他曾经是个诗人、哲学家、发明家。"

马塞多尼奥坐在柳条椅上，他看了看摄像头，翻起大衣的领边，仿佛想要在点头示意前先挡挡冷风。

2

博物馆已经关了，只有翻越建筑外围临街的铁栅栏才能进入其中。经过花园时，可以看到底楼窗户上一处闪烁的微光。要抵达那里，必须先走上一道斜坡，再穿过一间间环形展厅，最后来到博物馆的中央——机器正位于那里一间白色展厅的尽头，被金属架托着。机器呈八边形，略显扁平，不大的支脚安稳地落在地面。一只蓝色的眼睛在暗影中跳动，机器的光穿透午后的平静。车辆穿过里瓦达维亚大街向西边驶去，发动机的低沉噪声从窗外传来。机器静止不动，时不时地眨一下眼睛。待到夜晚降临，她的眼睛就会成为唯一的光源，反射在窗玻璃上。

是您吗，里希特？有人在那里吗？当然不可能是里希特。我那么说只不过是因为太害怕了。只要有人在，究竟是谁对我来说并不重要。但如果没有人呢？如果只有我自己呢？事实上，现在已经没有人来了。一天又一天过去，见不到一个人影。在一间空荡荡的

环形展厅里，窗户朝向花园和一堵石墙，他们就把我
丢在这里的一张台子上。我说的话又有谁关心？精神
上的孤独。孤独是一种精神疾病。博物馆已经上了锁，
没有人能进来，也从没有人进来过。偶尔我会生出些
幻觉，我会去以前的档案里寻找词语，一切都很慢，
慢得我能看到展厅尽头的天窗上一闪而过的光，我想
象着藤田坐在地下室的摇椅上，时刻监视着博物馆内
的情形，我不明白，他们把我一个人丢在这里了吗？
让我自生自灭？我知道有一台摄像机在监视我，天花
板角落里有一只摄像头，我可以想象藤田待在底下的
小房间里：透过那些不大的闭合电路屏幕，他可以看
到整个博物馆。我们都将落得这般下场，一台机器监
视着另一台机器。天花板的角落里装满了架在金属臂
上的小型摄像头。它们像玻璃眼球一样扫射着展厅和
走廊。有时，它们也会记录藤田的记忆。藤田倚靠着
他的手杖，在博物馆的展厅间巡视，也身穿市政自卫
队的制服，拿手电筒照亮博物馆的每一个角落，每一
层台阶。在空荡荡的展厅里，他矮小的身影仿佛变了
形。巡视结束后，藤田又坐回地下室的摇椅中，回放
录像带，查看自己在展厅间行走的情形。这座博物馆
仿佛已经变成了全国最大的监控艺术展示中心，只有
各种各样的监控设备和一个负责巡视展厅的安保员。
我去过警察博物馆，那里摆着许多罪犯的蜡像，有孩

子王、疯子盖坦、坏蛋安赫尔、阿加莎·加利菲①、神
津岚子。蜡像与真人一般大，身上穿的是罪犯被捕或
行刑时的衣服（衬衫背后还留着枪眼），博物馆里还展
示了阿根廷司法系统拘押犯人的牢房，以及过去数百
年间警察抓捕杀人犯的工具。讲故事，他对我说，是
警察掌握的一门艺术，他们总想让人说出自己的秘密，
供出嫌疑分子，揭发自己的朋友和兄弟。因此，他接
着说，比起历史上所有的作家，警察及所谓的司法为
讲故事这门艺术的精进做出了更大的贡献。而我呢？
我就是那个讲故事的女人。不知多少个小时过去了，
地下室里只能看到我的形象。其实有两台摄像机同时
聚焦在我身上，一台在天花板的这一角，另一台在天
花板的那一角。它们只看到了我的肉身，但没能进入
我的内部，大脑的孤独对电子监控免疫，电视屏幕只
能映射观看电视之人的想法。也就是说，只有当一个
人自愿观看自己的想法时，他的想法才会被录制和播
放。这就是所谓的每日电视节目，一张精神政权的总
图。现在整天出现在电视屏幕上的节目，正如他所说，
都是内心独白，一些碎片时间，意识流，语言图像。

---

① 孩子王（El Pibe Cabeza，1910—1937），20世纪30年代阿根廷著名的抢劫惯
犯，他的经历曾被改编成同名电影。阿加莎·加利菲（Agatha Galifi），或指阿根
廷20世纪20年代至30年代著名的黑手党头目胡安·加利菲（Juan Galifi）的女儿，
在其父亲的组织覆灭后，她因为多种罪名被捕，后被送进精神病院，关进笼子里；
获得自由后，她过起了隐居生活。

不过，他们还未能发明一台灵敏到可以直接读取人们想法的电视。藤田说，在日本大阪已经存在相关研究，在索尼-日立的秘密实验室中，有人正在拿海豚的大脑做实验。他们计划研制出一台可以读取思想，并将它传输到屏幕上的机器。我就是一个不合时宜的产物，正是因为不合时宜，他们才把我埋葬在这白色的坟墓里。正是因为不合时宜，他们才想孤立我，将我控制起来，由韩国人藤田专门负责看管，像一具涂了防腐剂的尸体。我时常在脑海里回想那些楼道、那条斜坡，还有档案室内部的走廊。如果我试着回忆过去，记忆的纯白又没有令我头晕目眩，我就会看到一扇虚掩的房门、黑暗中的一条缝隙，以及窗户旁的一个身影。公寓房间里那扇虚掩的门，大概是十五或者十六年前？在记忆中，永远不存在所谓的第一次，只有在生命中，未来才是不确定的；但在记忆中，痛苦总会原原本本地卷土重来。在借由摄像机的眼睛穿越到过去时，必须注意回避几个地方，否则，但凡在屏幕上看到自己的人都会失去全部希望。我看到了萦绕在薄雾中的湖面和清晨灰蒙蒙的天空，就是在那里，我的父亲结束了自己的生命。我还看到边缘结霜的白色沼泽，其间长满了灯芯草，旁边是凤头距翅麦鸡踩过的泥地。所有的故事都是侦探小说，他对我说。杀人犯是唯一有故事可讲的一群人，或者说，但凡能讲出的个人故事，到头来都与犯罪有关。拉斯柯尔尼科夫[①]，他说，还有埃尔多萨因、花花公子夏拉赫[②]。我的父亲离开一场聚会时杀死了一个男人。我肯定不会再睡觉了。我梦见一个藏在一栋乡下房子里的匈牙利工程师。那里原来是座牧场，现在只剩下些建筑骨架，里面住着一只机械鸟。聚会一直持续到黎明，父亲离开时，撞见通往后院的连廊上有人起了争执。根据藤田戴的那块母亲留给他的日立手表推算，我昏迷了将近两个小时。然后，我重新看到了发光的表盘，再度感知到大腿的重量。如果我能接通并发射信号，索尼收音机里就会响起广播站的夜间音乐。有一次，一位朋友的儿子因为拒绝服兵役，选择了上吊自杀。那孩子二十岁，被迫前往五月基地[③]。原定入伍之日的前一天，他和一个姑娘待了整整一晚，回到家中后便将自己吊死在后院的棚屋里。那里存放着他提前准备好的工具。这事与阿根廷军队没有半点关系。还有一回，一位朋友的女儿收到了自己写给前夫的信，那人住在巴塞罗那。大约是因为收信地址变了，或是她自己写错了地址，不管怎样，信件辗转又回到了寄信人手里。她又读到了自己六个月前写下的内容，就好像收到一封

----

① 拉斯柯尔尼科夫（Raskólnikov），陀思妥耶夫斯基作品《罪与罚》的主人公。

② 花花公子夏拉赫（El Dandy Scharlach），博尔赫斯的短篇小说《死亡与指南针》中的主人公。

③ 五月基地（Campo de Mayo），位于布宜诺斯艾利斯大区，是阿根廷最重要的军事基地之一。1976—1982 年，那里曾建有四个臭名昭著的拘留营。

陌生女人的来信，听她讲述自己在布宜诺斯艾利斯生活的种种秘密。这事与她的记忆没有半点关系。在警察博物馆里，有一间以公安部长卢贡内斯的生平为主题的展厅。这位卢贡内斯与他的父亲莱奥波尔多·卢贡内斯[①]同名。小卢贡内斯创立了特别事务处，并且极大地推动了酷刑术在阿根廷的发展，正是他引入了电棍。电棍原来被用于驱赶牛群进入车站的牲口过道，让它们爬上英国人的火车。小卢贡内斯则用它们来对付那些无政府主义囚犯，击打他们赤裸的身体，以从他们嘴里套取信息。作为公安部长的小卢贡内斯不仅领导过阿根廷的国家情报部门，也将父亲的文学地位推至了巅峰。作为遗嘱执行人，他负责为诗人父亲的所有诗歌和其他文学作品撰写序言。他的父亲写下了《牲畜与庄稼的赞美诗》。他则利用畜牧工具强化了国家政权对反叛者与外国人的控制。从某种意义上说，两人都深刻地诠释了阿根廷的民族精神。退休后的公安部长在他位于弗洛雷斯街区的家里孤独终老。他患上了帕金森症，整夜失眠，无法入睡，因为担心自己可能受到恐怖主义者的袭击，或是遭到被迫害的无政府主义者的后代的报复。他把自己关在家里，门窗都装上了铁栅栏，还设计了一套极其复杂的镜子系统，以保证自己坐在轮椅上四处活动的同时，可以监视

---

① 莱奥波尔多·卢贡内斯（Leopoldo Lugones，1874—1938），阿根廷诗人、历史学家、政治家，西班牙语现代主义诗歌的开创者之一。

屋子里的每一丝空气。天花板和房门上的镜子角度各异，但能够反射出家里的每一个角落。他可以一眼看到整个家里的情形，甚至包括花园和大门口。这些都是有据可查的历史，都在警察博物馆里，小卢贡内斯的女儿也告诉过我一些细节。她带着厌恶而嘲讽的语气回忆起自己的父亲是如何隐居在那栋每个房间都装满镜子的宅子里，无时无刻不在监视屋内的动静。他总是怀揣一把枪，以应对任何可能的袭击。与此同时，他还将自己余下的生命投入到保护和编辑诗人莱奥波尔多·卢贡内斯的作品当中。他不遗余力地维护那些作品的准确性。但凡有人提及父亲的作品而未征引儿子兼遗嘱执行人所写的那些侦探小说般的阐释，他便会和那人打官司。多年以来，他忙于审核父亲作品全集的每一个版本。这些书同时在学校和监狱里流传。最终，这位前公安部长举起猎枪，亲手结束了自己的生命。可以确定的是，他是用脚趾扣动扳机的，这是一种很常见的自杀方式。在类似的自杀故事里，主人公总会光着脚，一边将枪筒抵在脸上，一边用肥胖的脚趾艰难地扣动扳机。在小莱奥波尔多·卢贡内斯那里，帕金森症让这番操作变得愈加困难。子弹不慎射偏，击穿了他的喉咙，他倒在血泊里十个小时才没了呼吸。在警察博物馆——位于布宜诺斯艾利斯市的国防街——的专门展厅里，可以看到他的照片和私人物件。他们甚至还复原了他发明的那套极其复杂的、用来防备恐怖主义袭击的监视系统。在马塞多尼奥看来，小卢贡内斯没有辜负自己的父亲，是最无愧于其父亲（老卢贡内斯是马塞多尼奥的头号敌人）的孩子：他严格遵照诗人卢贡内斯的指令，多年来一直以警察的名义跟踪、监视马塞多尼奥·费尔南德斯，这不过是出于纯粹的文学上的妒忌，出于对马塞多尼奥的清醒姿态在青年人中获得敬重的艳羡。相反，青年人多半将诗人卢贡内斯视为统治者和有权势者的帮凶而对其表示不屑。于是，马塞多尼奥被指控为无政府主义者、犯有颠覆国家罪，警察开始跟踪他；但这样的帽子实在毫无意义，因为马塞多尼奥性情温和，甚至连一只苍蝇都打不死。事情发展到最后，就连老卢贡内斯本人都处在小卢贡内斯领导的警察系统的监视下，并被逼自杀。当时他的儿子威胁要将他的私事公之于众：跟踪老卢贡内斯的密探告知公安部长，他的父亲与一位女教师私通，并给她寄去溅满精液与血迹的神秘情色信笺。马塞多尼奥说，当时小卢贡内斯勒令父亲与其秘密情人断绝往来，否则就把他的事变成一桩公共丑闻。一旦如此，他那三派的克里奥尔人名声和阿根廷极右翼忠诚代表的形象便将轰然倒塌。而这位诗人，凭着自己的最后一丝尊严，乘船前往蒂格雷的一处度假酒店，在那里亲手结束了自己的生命。那是1938年，距离小卢贡内斯自杀恰好还有三十年。这一切都陈列在警察博物馆中，包括老卢贡内斯情人的信件、公安部长小莱奥波尔多·卢贡内斯的镜子、他编辑的父亲全集，以及那些他撰写的侦探小说般的前言。一切都被保存在国防街上的博物馆里。马塞多尼奥说起这段历史时有些惆怅，但又难掩嘲讽之意——这仿佛就是他的仇敌诗人莱奥波尔多·卢贡内斯写的侦探小说。警察的后代是诗人，这样的例子不胜枚举，而诗人的后代是警察，还是第一次听闻，马塞多尼奥说，类似的例子少之又少。这些都是他告诉我的吗？是他刚刚告诉我的吗？有时我感到迷惑，觉得自己待在医院里。我想了又想，记忆中浮现出一条走廊，然后又是一条走廊，他们用担架车推着我，我可以看到天花板上的灯，还有墙上的白色瓷砖。他从没想过要离开，也从没想过我会一个人留在这里，一个病床上的女人，被橡皮绳绑在床背上，手腕高过头顶，被牢牢束缚住。你疯了，他对我说，没人理你了，那是爱的低语，那个讲故事的女人的声音，白色屏幕仿佛白色床单，如果我停下来，生命就会停止，我看到了我所说的，现在他就在那里，对我说着我想听的。我便是我所是的，一个被抛弃的阿根廷疯女人，已经永远是孤身一人了，他如今几岁了呢？据说我走的时候他一夜白了头。他总是那么英俊，看起来像保罗·瓦莱里，但比瓦莱里更为出众，地道的克里奥尔人模样，身体光溜溜的，我还记得他靠在我身上，在我的后颈处不住低语的样子。有一次，在我姐妹家后院的一堵矮墙边。正是睡午觉的时候，他就像这样用手臂托着我，就是这样，抬起我的一条腿，然后解开襟门上的纽扣。他一直在拨弄自己的那东西，身上散发出那种味道，他一边盯着我的脸看，一边把它像这样放进我的身体。是的，就是那里，是的，我几乎被他压着坐在了墙上。那天我底下什么都没穿，就像平时一样，他把我的裙子向上掀起，我感觉到裙子贴在屁股上，贴在两团肉中间。我总是充满了欲望，一开始他将手摊开在那里，好像要让我坐在半空中，他把我举了起来，我被举了起来，在奥拉萨瓦尔街上的房间里一直有一团火在燃烧，站在全身镜前，人便可以真正地看清自己，他将我翻过来，肘部靠墙，脸贴到镜面上，好像一只母猫。我们在马德普拉塔度过了整个冬天，因为他一直在躲避追捕，日子过得极其窘迫。奥拉萨瓦尔街上的公寓是借来的，位于一幢冷清清的楼房中，从厨房小小的窗子里望出去，能够看到大海。炉灶上燃起的蓝色火焰，是黄昏时分唯一的亮光。我是阿玛莉亚①，如果他们一定要刨根问底，我会说我是莫莉，一个被关在大宅子里的、绝望的、被罗萨斯的"玉米军"跟踪的莫莉，我是爱尔兰人，我会这么说，

① 阿玛莉亚（Amalia），阿根廷作家何塞·马莫尔（José Mármol，1817—1871）同名小说的主人公。阿玛莉亚是生活在布宜诺斯艾利斯市的一个寡妇，小说的背景设置在胡安·曼努埃尔·德罗萨斯（Juan Manuel de Rosas，1793—1877）的恐怖统治时期，描写了阿玛莉亚与一位罗萨斯政权反抗者的爱情故事。下文提到的"玉米军"（Mazorca）是罗萨斯政权下专门对异见分子进行抓捕和迫害的组织。

我既是她，也是其他许许多多个她，或者说曾经是，我是伊波丽塔[①]，一个瘸女人，小跛子，走起路来会摇摇晃晃，伊波莉塔，我对他说，他笑笑，伊波莉塔，用"她那双戴着手套的小手"，和疯男人一起逃走了，那个被阉割过的大疯子会看塔罗牌算命，他的腹股沟处，从这里到这里，有一块伤疤，藤田用手掌侧边在自己的两腿间切过一"刀"，在下腹部留下一块红色疤痕，他其实是一个没有能力的掌权者，一个全靠舌头的引诱者，在他的小手提箱里装着一根涂满凡士林的玉米芯，我是谭波儿·德雷克[②]，你们这些邪恶之徒啊，竟叫我与一位治安法官生活在一起。

这些故事，还有其他一些故事，我已经讲过，讲述者是谁并不重要。我记得，在里希特得到重用的那段时间，庇隆陷入了这个德国人的圈套，不惜一切代价想要制造阿根廷自己的原子弹，实现经济独立，在等待与失败交织的几十个月里，艾薇塔[③]对待部长们的态度异常粗暴，有一次内政部长不慎说了几句对劳动阶层的轻蔑之言，说他们是社会的贫穷渣滓，艾薇塔·庇隆，举起

① 伊波丽塔（Hipólita），罗伯特·阿尔特小说《七个疯子》和《喷火器》中的人物。
② 谭波儿·德雷克（Temple Drake），福克纳的小说《圣殿》和《修女安魂曲》中的主人公。
③ 即艾娃·庇隆（Eva Perón, 1919—1952），庇隆的第二任妻子，庇隆主义运动的领袖，人们常以"庇隆夫人"或昵称"艾薇塔"称呼她。她的名字即为"夏娃"。

手对着部长的脸就是一顿耳光，啪，啪，左右脸各来了一记，她的手很瘦小，但力气很足，毫不留情，那些政治头目人高马大，所以有时她必须踮起脚尖，阿根廷的部长中有几个摩罗乔人，所有人都疯疯癫癫的，他们什么都偷，就连政府办公楼盥洗室里的灯泡也不放过，他们因为吸烟太多而手指泛黄，喜欢佩戴马蹄铁形状的领带夹，有时也佩戴镶满钻石的庇隆徽章，艾娃眼见着社会不公就在这些部长之间滋生起来，为了维护自己，便给他们送上耳光，她会把部长们叫过去，踮起脚，啪啪掌掴他们的脸，庇隆主义抵抗运动就是这样开始的。那些故事从一开始就被传得沸沸扬扬，无人不知。艾娃死后遗体被掏空，做了防腐处理，于是，她就这样被永远定格在那里：一只戴着一块小小的手表的布娃娃，因为手腕太瘦，表带松松垮垮的，她被锁在一个箱子里，放在总工会办公楼的一个橱柜顶上，外面又覆了一条毯子，因为水兵们总想将她扔到河里，沉进水底。一个死后不得安生的女人，她也在一座博物馆里，只有上帝才知道她死的时候梦见了什么。我记得医院的那间病房，记得所有来探望我的可怜人，他们在床前驻足，手里攥着鸭舌帽，献上他们的悼念，我的老朋友们没有一个认出我，俄罗斯人来了，拉什萨罗夫拖着他再造的金属身躯在最后一刻赶到。政治是死亡的艺术，那种高傲冷酷的政治，拉什萨罗夫说，那种在暗夜里为卑微者与哀伤者平反的

政治，是死亡的艺术。妇女在共和国广场上为士兵们缝
织毛线衫。只有秘密进行的政治才是匿名的。一阵风从
走廊那边吹来，我待在一个玻璃房里，像布娃娃一样被
陈列着，我是被钉在天鹅绒软垫上的蜂后，镶有珍珠的
领带夹穿过蝴蝶的身体。他说，你必须在蝴蝶还活着的
时候钉住它们，这样它们才能保持优雅的姿势，不会显
得僵硬；如果在它们死后钉住，翅膀就会逐渐褪色。这
就是我，在走廊上踱步的猫，独自待在这空荡荡的大厅
里，然后向左走到内庭，朝向空地的窗户边。一个韩国
人，藤田短歌，已经在这里做了很多年的看门人和守卫。
他是随第二代移民潮来的，那些后来因为自由市场破产
的手表走私犯，他们同时将十块或十二块的日本手表戴
在手臂上，在十一区或是休德达拉①，带着他们的东方口
音低声叫卖。但是自由主义断送了他们的生意，零关税
意味着走私活动的结束，藤田会说，也象征着阿根廷历
史的终结。整个阿根廷的历史就是一部河流小说，始于
1776 年拉普拉塔河两岸载着英国货物的船只，现在一切
都结束了，白白搭上了那么多人的性命，那么多的痛苦。
如今谁又待在那里呢？藤田？鲁索？不，谁会在这个时
候来，你这个疯子，你在等什么，你快要因为癌症死掉

①　十一区（Once），布宜诺斯艾利斯市的一个街区，名字来源于九月十一日车站，
聚集着很多售卖廉价商品的小店；20 世纪时，这里是重要的犹太人聚居区，现在则
生活着大量韩国和秘鲁移民。休德达拉（Ciudadela），隶属于布宜诺斯艾利斯大区；
20 世纪初，这里主要生活着意大利移民。

了，你只是另一个疯女人，在死亡边缘挣扎的千千万万
疯女人中的一个。此刻我感觉到一阵电流的突袭，好像
切入椎骨的轻捷闪电，那种曾让我的姐妹玛利亚惊惧到
脸色煞白的电击。随着夜幕降临，一种不可思议的疲倦
如同一层轻纱一般落下，那是一种迫使我停止思考的衰
竭感，她如此说道。他们在圣伊莎贝尔医院关了她近十
年，从她的记忆中抹除了她常在黎明时听到的部分声音，
盥洗室里水龙头的滴水声。修女玛利亚曾与撒旦交谈，
她和他曾是恋人。她抛下所有，进入了科尔多瓦的一家
赤足加尔默罗会修道院。阿达·艾娃·玛利亚·法尔孔
修女，在尚客莱夜总会①唱过探戈，那时人们都叫她埃
及皇后。她一直受到"法老们"和阿根廷最古老家族的绅
士们的资助，即便最后她进了修道院，他们也愿意日夜兼
程，只为听她在教堂唱诗班一展歌喉。她说："我们看着
逝去的日子化为灰烬，飘浮在历史中，如同朝圣之路尽头
的尘土。"②这是她诉说的方式。她有一个患了失语症的女
儿，并且用音乐教会她一切，一首埃斯瑙拉③的苦情歌。

---

① 尚客莱夜总会（Chantecler），位于布宜诺斯艾利斯市，兴建于 1924 年，为一
位法国商人所有。尚客莱夜总会曾是阿根廷最豪华的娱乐场所之一，但到了 20 世
纪 50 年代，夜总会歌舞文化在阿根廷不再流行，尚客莱逐渐衰落，并于 60 年代被
拆除。
② 选自马塞多尼奥·费尔南德斯的诗《入戏》（*Suave encantamiento*），1904 年发
表于阿根廷文学杂志《马丁·菲耶罗》。
③ 胡安·佩德罗·埃斯瑙拉（Juan Pedro Esnaola，1808—1878），阿根廷钢琴家、
作曲家。

吉他是这样弹的，你看，你是左撇子，我们得把弦换过来。她打扮成乡下女孩的模样，硕大的裙摆上缀满花朵，梳着两根发辫，一边弹奏自己稚拙的六弦琴，一边唱着探戈曲《沉默无言》出场。"这首歌会把你伤害"①，那女孩只思考，不说话，语言的音乐，维纳斯戒指的故事，坐在后院花园里的女儿。起初，是乡下凄凄惨惨的旅店，装有新月形镜子的衣柜，在平滑的高层搁板上，衣架之间，有瓶古龙水，美琪酒店里，一间面朝五月大道的客房。两年的时间里，他们一直在躲避警察的追捕。她从未得知确切的理由，似乎与吗啡有关。他们租下了一辆小车，以唱歌为生，四处流浪，直到她决定留在科尔多瓦，走进修道院。她是在一个午后抵达教堂的，她将嘴唇贴在祭坛前冰凉的石板上，双臂张开，身体摆成十字。院长，她说，我是阿达·艾娃·玛利亚·法尔孔，我在这里祈求加入教会，我曾犯下恶行，罪孽深重，我堕落得越深，我的嗓音便越纯净，我爱过的男人越多，我的嗓音便越纯净，院长，我将这些珠宝献给上帝，她边说边打开随身带来的匣子，我将它们献给基督的仁爱，献给无可依靠的孩子，她拿起一把理发剪剪去了自己的长发，又继续说道，夜晚，有时是在午夜，当我在乡下的小旅馆间游荡时，我听到过撒旦的声音，他的歌声，他

---

① "这首歌会把你伤害"，即《沉默无言》中的一句歌词。这首探戈曲子唱的是爱情、背叛与离弃。

在我耳边低吟，但我拒绝那声音，我从未让他的声音进
入我的双耳，我只是听，院长，安娜修女，我的姐妹。
她将珠宝匣子放在祭台上，脸面朝下俯卧着，直到她们
接纳她（因为她是有罪之人）。如今她在唱诗班里和其他
修女一起唱歌，曾在尚克莱夜总会听过她唱歌的绅士会
在礼拜日赶来，他们来到科尔多瓦只是为了亲眼确证失
踪的阿达·法尔孔正隐姓埋名地在教堂里唱歌。这是一
篇关于女歌伶的故事，档案里许许多多故事中的一篇故
事，我闭上眼睛，看到了一条街，哦，一切都是那么真
实，照在我身上的光，白天的太阳，经验的纯粹密度，
流进蒂格雷那幢房子里的河水。我知道自己被遗弃在这
里，耳聋目盲，已经是个活死人了，我要是死了就好了，
或者再见他一次，又或者彻底发疯，有时我想象着他会
回到我身边，有时又想象着将他从我的身体里连根拔起，
不再充当这陌生记忆的替身。我会无尽地创造记忆，但
我能创造的也只有记忆。我的身体里充满了故事，我不
能停下来，巡逻队照旧控制着城市，七月九日大街地
下的商铺已经搬空，我们必须离开，穿过去，找到格雷
特·穆勒，那个正盯着龟背上的蚀刻图形放大照片的女
孩，形式就在那里，生命的形式，我见过它们，现在它
们从我的身体中显现，我从活的记忆中提取事件，真实
的光微弱地跳动着，我是女歌伶，唱歌的女人，我在沙
地里，靠近海湾，每当流水轻轻拍打河岸，我依然能想

起那些古老的失落的声音，我一个人在太阳底下，没有人靠近，没有人来，但我会坚持下去，前面是沙漠，阳光灼烧着石头，有时吃力缓慢，但我会坚持下去，是的，我的目的地，在水边。

后　记 [1]

　　我一直喜欢那种有数条并列故事线索的小说。这种情节的交错与我对现实的强烈印象紧密相联。在这个意义上，《缺席的城市》与生活极为相似。有时我会真切地感受到一个人在不同的情节之间游走，感受到一天之中，当一个人和朋友、爱人，甚至是陌生人打交道的时候，他便触发了一种故事的交换，一个多重门一般的系统，打开它便可进入新的情节——这就像一个我们居于其中的语言网络——而叙事的核心品质便是这种流动，一种明显的向另外一条故事线索逃逸的运动。我一直试着描述这种感觉，我相信这就是《缺席的城市》的起源。

　　摆在我面前的第一个问题是如何将机器的故事融入其中。这涉及一个我一直以来感兴趣的关于小说组织的问题，那就是作为叙事艺术核心要素的中断概念。当我思考"中断"的时候，脑海里会浮现出某些参照，比如山鲁佐德，以及一系列延续此传统的文本，我们可以一直列数到伊塔洛·卡尔维诺的《如果在冬夜，一个旅

---

① 根据塞尔希奥·魏斯曼所译的英文版翻译。

人》，我对这本书非常感兴趣。也就是说，存在这样一种传统，它将小说视为一种建立在中断的基础上的文学类型，小说以此为出发点，与我们可以称之为生活的经验建立联系——而生活本质上就是由中断与暂停组成的。

在这方面，另一个我非常欣赏的文本是博尔赫斯的《特隆、乌克巴尔、奥比斯·特蒂乌斯》。这个故事以一种高度浓缩的方式写成，在一个迷宫般的系统中，总有某个转角将你引向另外一条故事线索。我喜欢将情节比作街道这个想法，你打开一扇门，生活突然就完全不同了。或许就是受此启发，我决定用城市来比喻小说的空间。

我感兴趣的另一个问题是，如何将某种速度印刻进叙述之中，这一问题无疑与不同故事之间的衔接方式，以及中断、碎片化和暂停等问题有关。相较于我之前的作品，这种关于速度的观念是某种新东西。我试图在《缺席的城市》中实现的是一种极端的凝缩与速度，同时尽可能地摒弃对反讽的依赖，而后者是我写作中一个自然而然的特点（譬如，反讽是《人工呼吸》写作中的决定性标记）。

现在我想再来谈谈马塞多尼奥·费尔南德斯，以及他与乔伊斯的相似之处。在某种程度上，类似"缺席的城市"这种标题的组合，是这部小说中最具马塞多尼奥风格的地方。我的意思是，它影射了马塞多尼奥的一个基本观点，虽然并非那么显而易见：在现实中缺席的事物才是真正重要的东西。这个观点表达了马塞多尼奥的非实用主义伦理，我认为这正是我们这个时代所需要的。

一个坠入爱河的男人走过一个属于他的城市，但这个他与他所爱的女人走过的城市却遗失了。之所以如此，是因为城市是一台记忆机器。当然，那个遗失或者缺席的城市也包含生命中的其他时刻，并不仅限于那些与女人有关的时间。举例来说，这就是乔伊斯笔下的都柏林运作的方式。

都柏林和布宜诺斯艾利斯类似，它们都是文学之都，两座城市都生活着许多作家（20世纪30和40年代，马塞多尼奥、博尔赫斯、阿尔特、科塔萨尔等都生活在布宜诺斯艾利斯），而且作家与都市之间都保持着一种高度紧张的关系。譬如，斯蒂芬·迪达勒斯就感受到自身与英语之间存在一种张力，他认为英语是一种帝国的语言。类似的，在阿根廷，对西班牙语的承继及试图独立于西班牙的努力，是经常被拿来讨论的。乔伊斯之于莎士比亚，马塞多尼奥之于塞万提斯，我们可以在这两对关系中看到很多相似之处。于是问题就变成了：语言是谁的语言？以及，我们该如何通过克服与这种语言相关的政治控制以理解，比如说，莎士比亚——考虑到乔伊斯在《尤利西斯》中的戏仿——以及马塞多尼奥对西班牙黄金世纪所采取的立场?

乔伊斯和马塞多尼奥之间的另一个共同点是某种诗学上的神秘主义。乔伊斯如此写作是为了不被他的同代人所理解,他所设定的叙事方式和语言的使用方式,使其同代人都不可能完全透明地理解他。这种距离本身成为其诗学的一个要素。作为艺术家,乔伊斯不追求同代人的理解,相反,他为他们呈现了一个谜团。正如乔伊斯本人所说:"我设置了如此多的谜团与疑问,足够教授们针对我要表达的意思争论上几个世纪了,而这是令一个人保持不朽的唯一方法。"

类似的情况我们也可以在马塞多尼奥身上看到。但马塞多尼奥所持的立场,在我看来,比乔伊斯的更为激进。因为尽管乔伊斯花了十七年的时间写《芬尼根的守灵夜》,但他最终还是将它出版了。而马塞多尼奥花了近四十五年的时间写《永恒之人的小说博物馆》,生前却并未将它出版。

两位作家都拒绝向社会妥协。我们可以想到一些与社会周旋、建立多重关系的作者,当然也有一些伟大的作家可被归入其列。但也有作家彻底切断了这些关系。乔伊斯和马塞多尼奥身上就带着这些人的影子。他们试图制造断裂,取而代之的是建立十分陌生的关系:比如乔伊斯与供养他的女人,或者马塞多尼奥被朋友所环绕。

谈到文学材料的生产与流通的区别,马塞多尼奥也是一个绝佳的例子。他十分了解这两个领域的情况，优雅地谈论其区别，并就两者之间的通路建立了一套理论（事实上，这是一种小说理论）。他终生写作，书里充满写给读者的前言和提醒，以及关于他的书的启事与观点；但在现实生活中，我们却看到他拒绝出版。我喜欢这个例子，马塞多尼奥将自己置于流通之外，不受外界打扰，遵循自己的节奏。他写作时并不以满足消费者的订单为标准，他考虑的是那类总是在旧书店拥挤的书架上寻觅失落文本的读者。

通常来说，我们倾向于从一个文本中推断出某种隐藏的社会样貌，想象文本写作的那个社会是什么样子的。与此相反，我在《岛》中试图做的，是创造一个可能构成《芬尼根的守灵夜》的背景的社会。这个社会不是乔伊斯写《守灵夜》时所身处的那个社会，它不指向爱尔兰与英格兰的紧张关系，也不涉及其他一切构成真实文本背景的要素。我想探寻的是：在什么样的想象性背景中，《守灵夜》作为一个文本是有效的？换句话说：在什么样的社会中，《芬尼根的守灵夜》可以被当成一部现实主义作品来阅读？答案是：一个语言不断在变化的社会。在很长一段时间里，这种方法作为一种可能的文学批评的模式一直吸引着我。我认为文学批评应该试图想象文学作品中隐含的、虚构的背景。在这种情况下，问题就变成了：《芬尼根的守灵夜》中隐藏的现实是什么？

答案是：一个人们认为语言就是写在文本中的东西的现实。

《缺席的城市》同样如此。你可以说在《缺席的城市》中，我想象了一个被故事所控制的社会，在这个社会中真正存在的是被讲述出来的故事，是讲述破碎的阿根廷故事的机器，我要写的就是一部关于这个社会的现实主义小说。在那里你可以找到我在《岛》中对《芬尼根的守灵夜》的化用与整部《缺席的城市》中应该发生的故事之间的联系。

我感受到自己与某些当代作家，比如托马斯·品钦和唐·德里罗，有一些共通之处，说句玩笑话，我将之称为一种关于妄想症的虚构。在某种程度上，它来源于对其他文本的阅读，比如威廉·巴勒斯、菲利普·迪克，又或者罗伯特·阿尔特。一种关于阴谋的观念普遍见于这些作家的作品，在《缺席的城市》中同样如此。这种观念认为社会是由阴谋所构建的，相应的，也存在反阴谋。这就将问题拉向了与文类的某种关系，拉向了对政治作为阴谋的一种反映。我指的不是传统意义上的政治文学；传统政治文学里有私人世界和公共世界之分，而政治小说与公共世界的联系更为紧密。我指的是，政治与文学这两个类别之间的边界消弭后（也许这就是后现代的定义，公共与私有之间对立的消解，高雅文化与通俗文化之间对立的消解），政治在文学中呈现的方式。当所有这些二元对立都消失的时候，阴谋、诡计，就会作为主体把握政治在社会中意味着什么的模式而出现。

私人主体对政治世界的感知几乎就像希腊人对命运或者其神祇的构想：它是一种怪异的操纵运动。这是一些小说家，包括我自己，对政治世界的感知。也就是说，政治借助阴谋这一模式，借助诡计这一叙述，进入当代小说——即使这种阴谋不带有任何明显的政治特征。形式本身构成了小说介入政治的方式。阴谋不一定必须包括政治诡计的要素（虽然它也许包括，比如诺曼·梅勒的小说）才能使阴谋的使用机制变成政治的。它可以是涉及信件邮递的阴谋，可以是有关阿根廷的意大利移民的阴谋，也可以是其他任何的编造。小说这种形式本身表明，我们对当今世界政治的感知是虚构的。

需要补充的是，这样的观念已经出现在博尔赫斯的小说中了。他是第一个运用这种模式的人，因为《特隆，乌克巴尔，奥比斯·特蒂乌斯》就是建立在一个阴谋之上，《叛徒与英雄的故事》《小径分叉的花园》等其他故事也是如此。在这个意义上，博尔赫斯，通过建立他的迷你世界，成了第一个谈论平行世界，以及阴谋作为对现实的妄想性政治表征的人。

这种对原本不相容的事物之间关系的感知是当代小说的一个重要方面。因此我们会看到疯狂迷恋历史的主体，或者因为宇宙而陷入癫狂的主体——又或者，例如在《缺席的城市》中，面对虚假现实而经历谵妄的主体。

最后，我相信一本书的译者总是经历着一种与其作者的奇特关系。这不仅涉及风格、参考、可能的错误，或者翻译可以对文本进行哪些改动。更有意思的地方在于翻译所涉及的工作，一方面，翻译是一种不寻常的阅读活动，另一方面，它还涉及一种所有权。我一直对翻译与所有权之间的关系非常感兴趣，因为译者事实上改写了整个文本，这个文本既属于又不属于他／她。译者总会发现自己处在一个非常奇特的境地，因为他／她的工作是将一种既属于他／她又不属于他／她的经验转换成另一种语言。作家会引用或者直接复制别人的文本，我们所有人都偶尔这样做过——因为一个人会遗忘，或者太喜欢那个文本而不得不这样做——但译者进行的是一项在这两个地方之间画出一条小径的工作。可以说，翻译是一项奇特的挪用活动。

我对文学中的所有权的态度类似于我对社会中的所有权的态度：我反对所有权。我认为翻译中存在一个所有权的游戏。也就是说，翻译对文学常识认为理所当然的东西提出了质疑，文学中的所有权问题就像社会中的所有权问题一样，事实上极端复杂。语言是一种共同财产；在语言中，没有所谓的私有财产。我们作家总是尝试在语言中放置标记，看看我们是否能阻止其流动。语言中不存在私有财产，也就是说，语言是一种普遍流动的循环。文学中断了那种流动，而这也或许就是文学的本质。

图书在版编目（CIP）数据

缺席的城市 / (阿根廷) 里卡多·皮格利亚著 ; 韩
璐译. -- 成都 : 四川文艺出版社, 2022.6 (2022.8重印)
ISBN 978-7-5411-6362-3

Ⅰ.①缺… Ⅱ.①里… ②韩… Ⅲ.①中篇小说—阿
根廷—现代 Ⅳ.①I783.45

中国版本图书馆CIP数据核字(2022)第077970号

© Heirs of Ricardo Piglia
c/o Schavelzon Graham Agencia Literaria
www.schavelzongraham.com
First published in Buenos Aires, Argentina in 1992

本书简体中文版权归属于银杏树下（北京）图书有限责任公司
版权登记号：图进字21-2022-147号

QUEXI DE CHENGSHI

缺席的城市

[阿根廷] 里卡多·皮格利亚 著

韩璐 译

出 品 人	张庆宁
选题策划	后浪出版公司
出版统筹	吴兴元
编辑统筹	梅天明 朱岳 刘君
责任编辑	苟婉莹
特约编辑	刘君
营销推广	ONEBOOK
装帧制造	墨白空间·陈威伸
责任校对	段敏

出版发行 四川文艺出版社（成都市锦江区三色路238号）
网 址 www.scwys.com
电 话 028-86361781（编辑部）

印 刷 北京天宇万达印刷有限公司
成品尺寸 125mm×190mm 开 本 32开
印 张 6.5 字 数 114千字
版 次 2022年6月第一版 印 次 2022年8月第二次印刷
书 号 ISBN 978-7-5411-6362-3 定 价 68.00元